VEEL VROUWEN, AF EN TOE EEN MAN

Van Kristien Hemmerechts verschenen eerder
bij uitgeverij Atlas:

Kerst en andere liefdesverhalen
Lang geleden
Wit zand

Kristien Hemmerechts

Veel vrouwen, af en toe een man

Uitgeverij Atlas – Amsterdam/Antwerpen

De Latijnse zinnetjes in de tekst werden uit het Nederlands
vertaald door Liliane Verhaeghe.

Uitgeverij Atlas maakt deel uit van Uitgeverij Contact

© 1995 Kristien Hemmerechts

Omslagontwerp: Marjo Starink
Omslagillustratie: Romeins mozaïek (Musée de Cluny, Parijs)
Foto auteur: Klaas Koppe
Typografie: John van Wijngaarden

ISBN 90 254 0994 6
D/1995/0108/528
NUGI 300
CIP

voor Katherine Anne

PROLOOG

Ze noemde ons haar drie gratiën. Niet de drie gratiën, maar háár drie gratiën, om duidelijk te maken dat we alleen maar gratiën werden omdat zij
ons gratiën noemde. Wij waren meisjes uit de
provincie van wie de ouders net genoeg verdien-
den om hun dochters naar een goedkope kostschool te sturen. Een rosse, een zwarte en een
blonde; Cecile, Ella en Lucie. Jouw moeder, die
toch haar dochter was, hoorde er niet bij. Er waren slechts drie gratiën, drie gezellinnen van Venus. Ik, Lucie, was haar lieveling. Op het feest
van Sint-Lucia liet ze me een kroon met kaarsen
dragen. Lucifer, noemde ze me lachend, zij die
het licht brengt.

Jana Bekkers

'Ik heb niets.'

Jana keek moedeloos naar de berg kleren op haar bed. Ze had ze een voor een uit haar kast genomen, voor zich gehouden, in de spiegel ge-keurd en verworpen.

'Waarom draag je niet wat je op de televisie droeg?'

'Ik kan toch niet in hetzelfde verschijnen.'

'Waarom niet?'

Maar Jana schudde haar hoofd. 'Kan ik van jou iets lenen?' Er zat een diepe frons in haar voor-hoofd. 'Wat draag jij in de klas?'

'Neutrale dingen. Niets te extravagants want dan zijn de meisjes jaloers. Ook niet te jong want dan vinden ze je "would be", en ook niet te deftig of je bent een trut. Waarom draag je niet dat pakje van Lodes huwelijk?'

'Is dat niet te gekleed?'

'Dat vind ik niet.'

'En mijn haar? Samenbinden of loshangen?'

'Samenbinden is streng, maar misschien wil je

er streng uitzien.' Ze lachte. 'Ik zou er geld voor geven om je bezig te zien. Goeiemorgen, jongens en meisjes, ik heet Jana Bekkers en ik kom jullie een nieuw vak geven: psy-cho-lo-gie.'

'Moet je zo beginnen?'

'Hoe anders? Jij moet beginnen. Zij zitten; zij wachten. Weet je al waarover je het zult hebben?'

'Natuurlijk weet ik dat.'

Ze zou beginnen met een woord. Het woord 'psychologie'. Ze zou het in grote letters op het bord schrijven. Ze zou hen laten vertellen wat het voor hen betekende. Ze zou uitgaan van hun ervaringen. Hun inbreng.

'Bel me morgenavond. Ik wil alles horen.' Ze glimlachte naar haar zus. 'Dat jij nu toch nog voor een klas belandt. Wat zegt Ivo?'

'Dat ik het niet uithoud. Maar hij gaat voortaan met de trein naar zijn werk zodat ik de auto kan hebben.'

'Wat een man,' zei haar zus.

'Een held,' zei Jana.

'Een heilige,' zei Vicky.

Jana had haar baan gewonnen met een televisiespel. Een vriendin had haar erover gebeld.

'Als je geselecteerd wordt om mee te doen, kun je een baan winnen. Geen auto of koelkast of een vakantie, maar werk.'

'Wat voor werk?'

'Echt werk. Werk dat jou ligt. Niet van die klussen als enquêtrice die we tot nu toe hebben gedaan.'

Geen enkele keer had ze gezegd dat ze wilde lesgeven. Mijn moeder geeft les, had ze gezegd, mijn tante geeft les, mijn grootmoeder gaf les en mijn zus geeft les. Mijn moeder en mijn tante hebben bij mijn grootmoeder in de klas gezeten, en mijn zus en ik hebben van mijn moeder les gekregen. Het wordt tijd dat iemand iets anders onderneemt.

En toch had een school voor haar gebeld. Mag ik weigeren? had ze gevraagd. Misschien komen er nog meer telefoontjes voor u binnen, had de presentator gezegd. Maar niemand had gebeld. Er hadden ontgoochelend weinig mensen gebeld.

Jana trok het linnen pakje van Lodes trouwpartij aan en oefende voor de spiegel. 'Dag jongens en meisjes, ik heet Jana Bekkers en ik kom jullie een nieuw vak geven.' Het moest luider. Kordater. 'Dag jongens en meisjes. Ik heet Jana Bekkers en ik kom jullie een nieuw vak geven. Psy-cho-lo-gie.' Klonk ze zoals haar moeder? Les enfants, prenez une feuille de papier. Notez la réponse aux questions suivantes. Ze huiverde. Je ontsnapt niet, dacht ze. Je ontsnapt nooit.

Ze las het plaatje op de gesloten deur – L. WAS-TEELS. DIRECTIE – en dacht aan een ander naamplaatje – R. THIENPONT. DIRECTIE. Juffrouw Bekkers, waarom bent u hier naartoe gestuurd? Juffrouw Bekkers, u hebt misschien al gemerkt dat wij krap behuisd zijn. Als u ons verlaat, zal niemand treuren. U vergist zich als u denkt dat voor u andere regels gelden. Iedereen is gelijk voor de wet. Ook dochters van leerkrachten.

'Mevrouw Wasteels is er niet,' zei een jonge blonde vrouw die in het kantoor naast dat van de directrice zat te tikken. 'Misschien kunt u zolang in de leraarskamer wachten.'

Twee vrouwen van achter in de vijftig namen haar vluchtig op.

'Ik begrijp niet wat Luce bezielt,' zei de ene. 'Wij hebben in juni op de deliberatie afgesproken dat wie voor het herexamen Latijn geen zestig procent behaalde, niet tot het tweede jaar mocht worden toegelaten. Vanmorgen toont ze me de lijsten en zie ik toch al die namen. Hoe moet ik straks aan die leerlingen de ut-zin uitleggen?'

'Maar het kan toch,' zei de andere, 'dat ze instructies heeft gekregen van het ministerie.'

'Dan nog had ze eerst met ons kunnen overleggen.'

Jana keek naar de wijzers van de klok boven de deur. Dag jongens en meisjes. Ik heet Jana Bekkers en ik kom jullie een nieuw vak geven.

'Jij bent degene die ervoor geijverd heeft dat Luce directrice zou worden.'

'Omdat jij niet wilde.'

'En jij ook niet. Dus moeten we nu niet zeuren.'

Jana keek naar de twee vrouwen die haar volstrekt negeerden. Nu, dacht ze. Ze nam haar tas, stond op en liep de school uit.

Thuis voor de spiegel veegde ze haar oogschaduw weg, borstelde haar haar los, trok haar kleren uit. Ik heb honderd levens, dacht ze. Ik ben niemand en iedereen. Druk ik mijn borsten plat en bind ik een kunstpenis voor, dan word ik een man. Met een linnen pakje en mijn haar samengebonden ben ik een lerares. Trek ik sexy ondergoed aan, schilder ik mijn gezicht en ga ik achter een raam zitten, dan ben ik een hoer. Dat zou ze vanavond doen om te vieren dat ze een kwartier lang lerares was geweest. Ze zou zeggen: Lik en knabbel en zuig naar hartelust. Daarnet stond ik bijna voor de klas bij wie weet jouw dochter of zoon. Leerde ik hun alles over de psychologie van gespleten persoonlijkheden. Ze ging zitten en wiegde haar lijf heen en weer. Ze kon het niet onder controle krijgen. Ook de tranen kwamen zonder dat ze ze kon tegenhouden.

Ach dat meisje, hoorde ze haar moeder zeggen, die zal met een paar keer blijven zitten haar diploma wel halen, en dan zal ze trouwen en thuisblijven.

Niets leek Jana heerlijker dan trouwen en thuisblijven, maar natuurlijk zei je dat niet, natuurlijk hield je je mond.

Daar heeft nooit veel in gezeten, ging haar moeder verder. Dat is geen slecht kind, maar haar mogelijkheden zijn beperkt. Voor zulke meisjes is het huwelijk een uitweg.

Twee of drie keren was het gebeurd dat Jana bij haar werk als enquêtrice dubbelzinnige voorstellen had gekregen van mannen die alleen thuis waren. Geschokt was ze zo gauw mogelijk opgestapt, maar achteraf had ze telkens gedacht dat het toch erg snel zou zijn verdiend. In Italië wordt het van een goede huisvrouw verwacht, had een van die mannen gezegd. Het is haar bijdrage aan het huishoudgeld.

Ik heb het altijd geweten, had haar moeder op een kaartje geschreven toen Jana haar baan had gewonnen. Dikke proficiat van mama en veel succes!

Als we zouden zijn gezakt voor jouw vak, mama, zou je ons toch hebben over laten gaan?

Natuurlijk niet.

Zou je ons er zelfs geen puntje bij hebben gegeven?

Hun moeder schudde haar hoofd.

Zelfs geen half puntje?

Ze bleef haar hoofd schudden.

Ik wil nooit dat een dochter of zoon van mij bij mij in de klas zit, had Jana gezegd.

Maar jij wilt toch geen lerares worden, Jana.

Nee, maar als ik het zou worden, zou ik het niet willen.

Mes enfants, prenez une feuille de papier. N'oubliez pas votre nom et la date. Haar stem klonk hard en rauw, onder haar oksels zat een zweetkring, haar linkerwenkbrauw ging de hoogte in, ze knipperde met haar ogen. Haar moeder had tics in de klas. Soms gooide ze haar hoofd naar achteren; soms trok ze voortdurend haar linkerwenkbrauw op. Haar vuisten waren meestal gebald, haar knokkels zagen wit. Nee, kind, denk na. Je gooit er met je pet naar. Gebruik je verstand. Ga zitten! Wenkbrauw omhoog. Hoofd in de nek. Thuis had Jana een mooie lachende mama. Ze wilde aan iedereen in de klas zeggen: Dit is mijn mama niet. Ik weet niet wie dit is. Ze is niet mijn mama want ik heb een lieve, zachte, mooie mama. Een mama van wie ik hou. Op de schoot van wie ik nu nog soms kruip. Die ik nu nog soms met kussen overlaad.

Wat dachten ze werkelijk van haar moeder? Lachten ze omdat ze elke les minstens één keer zei: Du choc des idées jaillit la lumière?

Zat jij graag bij oma in de klas, mama?

Eigenlijk wel. Ik geloof dat ik in de klas vergat dat zij mijn moeder was. Vergat jij het niet?

Soms. Soms ook niet. Vergat jij dat ik je dochter was?

Ik denk het wel. Ik moest mijn gedachten bij de les houden. Ja, ik vergat het. En mijn moeder vergat het zeker. Die vergat soms dat ze in een klas stond. Die was in Rome, op het Forum, of in het Colosseum.

15

2.

Lucie Wasteels

Wie bij ons op kostschool het reglement over-
trad, moest met een bord waarop in grote letters
haar misdrijf was geschreven, in de eetzaal op het
podium staan. Wij, internen, woonden in een oud
landhuis dat in een legaat aan de nonnen was ge-
schonken. Onze eetzaal was de vroegere feest-
zaal.

Toch werd er 's nachts in de chambrettes met
elkaar gefezeld en gelachen. Er werden briefjes
doorgegeven in de les en er werden pogingen on-
dernomen om het schooluniform eleganter te
maken. Nil novi sub sole, zei jouw grootmoeder
minstens één keer per les. Er is niets nieuws onder
de zon.

Ik moet jou op haar begrafenis hebben gezien,
maar ik herinner me je niet. Ik herinner me alleen
hoe weinig mensen er waren, en hoe erg ik dat
vond. Waar bleven haar leerlingen? Het klooster
had een krans gestuurd en er was een non, Marie-
Guy, die ik nog als novice had gekend. Ze sprak
erg zacht, zoals alle nonnen.

17

Ze hadden op het doodsprentje een vers van haar geliefde Catullus kunnen citeren. Of ze hadden de mis in het Latijn kunnen celebreren. Zij las Catullus met ons. In een nonnenschool. Zij liet ons toneel spelen in toga's die een schouder bloot lieten. Zij las met ons de verleidingsscène van Dido in de grot.

Iedere zondagmiddag kwamen wij, internen, tijdens de verplichte wandeling voorbij haar huis. Allemaal gaapten we in de hoop een glimp van haar op te vangen. Ik wilde in dat huis wonen. Ik wilde de kamer van je moeder. Of van je tante. Of de kamer ernaast. Ik had niets tegen je moeder. Ik kende haar niet zo goed, al zat ze in mijn klas. Zij was een externe. Haar leven en het mijne konden niet worden vergeleken. Ik wilde haar ook niet kennen, zei zelfs niet graag haar naam. Renée. Een lelijke naam. Hoe minder ik haar kende, hoe meer ik haar kon negeren. Hoe meer ik haar plaats kon innemen. Iedere zondagmiddag moet mijn voornemen een beetje zijn gegroeid tot ik wist dat ik in dat huis wilde wonen maar er nooit wonen zou.

Ik herinner me een zondag in juni of in juli aan het einde van het vierde jaar. We hadden onze rapporten gekregen en het schooljaar was officieel voorbij. Heel wat kinderen waren al naar huis. Voor het eerst had ik voor Latijn een beter cijfer dan Ella en Cil. Cil had mij meteen na de proclamatie proficiat gewenst, maar Ella niet. Nog twee maanden en we zouden van je grootmoeder Latijn krijgen.

Het was een erg warme dag en we hoefden geen jas te dragen, maar wel lange kousen en een rok tot over onze knie. Cil, Ella en ik liepen op kop. De non had gezegd dat wij de route mochten kiezen. Ursula, heette ze, Zuster Ursula, een schraal mens dat dag en nacht voor ons moest zorgen. Ze had last van de warmte. Het zweet liep van onder haar kap over haar voorhoofd. Toen we de straat van Duchêne insloegen, vroeg Cil hoe laat het was. Ella en ik keken tegelijk op ons horloge en toen we weer opkeken, stonden Duchêne en haar man voor ons. Het was de eerste keer dat ik hem zag. Hij was een kop groter dan zij, en zag er stijf en deftig uit in zijn zwarte, zondagse pak. Hij hield zich kaarsrecht. Zij droeg een gebloemde jurk met korte mouwen en een koket strooien hoedje. Het verbaasde me hoe mollig haar armen waren. En ze zaten vol sproeten. Mijn man, zei ze, en ze liet zijn arm los. Ze kleurde lichtjes. Later, toen we met haar gedichten van Catullus lazen, moest ik altijd aan die blos denken. Hoor hoe ze zoenen, zei ze: Da mi basia mille, deinde centum, dein mille altera, dein secunda centum. Geef me duizend zoenen, en nog honderd, en nog duizend andere, en nog eens honderd.

Duchêne vroeg of we trek hadden in een glaasje limonade, maar Zuster Ursula zei dat op school voor ons limonade klaarstond. Daarna namen we de kortste weg terug. We kregen geen limonade maar water. Zuster Ursula ging op haar kamer rusten, en wij zaten in het gras onder een boom en trokken onze kousen en schoenen uit.

Hoe zou hij heten? vroeg Ella.

Wie?

Haar man.

Weet ik niet.

Hij ziet eruit of hij dood is.

Ella!

Minstens een maand. Hij is al een maand dood en Conny heeft het niet gemerkt. Te druk bezig met haar geliefde Latijnse schrijvers.

Ze leunde tegen de stam van de hoge acacia en keerde haar gezicht naar de zon. En wat gaat onze Luce deze zomer doen? vroeg ze. Puzzelen?

3.

Jana Bekkers

'Jana, Jana,' zei haar zus, die Vicky heette, 'waarom loop jij altijd weg?' Ze zaten op de rand van Jana's en Ivo's bed, het bed waarop Jana al haar kleren had gegooid toen ze nog dacht lerares te worden. Nu lagen ze als een berg vuile was op de grond naast de kast.

'Jij zou ook zijn weggelopen. Het is een van die elitescholen, een van die hier-kan-alleen-de-top-terecht.'

'Die moeten er ook zijn.'

'Zwakke leerling: buiten; lastige leerling: eruit!'

'Wat zegt Ivo?'

'Dat het hem niet verrast. Waarom praten wij altijd in de slaapkamer?'

'Gooi het niet zomaar weg, Jana.'

'Denk aan de vele maanden vakantie.'

'Bijvoorbeeld.'

'Aan het pensioen. De zekerheid. De omgang met jonge mensen.' Ze keek verstoord rond, trok haar neus op, snuffelde aan de lucht als een hond.

Ze bukte bij de prullenmand, zag het soort prop dat ze sinds haar huwelijk verdacht had leren te vinden. Ze droeg hem aan een punt naar de vuilnisemmer in de keuken, schudde de as en peukjes eruit.

'Ruik jij asbak?' vroeg ze aan haar zus.

'Nee, maar ik heb daarnet thuis een sigaretje gerookt.'

'Rook jij?'

'Soms. Als ik me verveel. Of als ik zenuwachtig ben. Als de leerlingen agressief zijn geweest of mijn zusje problemen heeft.'

Jana bracht haar vingertoppen naar haar neus, maar rook geen as. Vroeger hadden Vicky en zij elkaar de haren uitgetrokken. Ze hadden elkaar geschopt en gebeten. Ze hadden met hun tanden en klauwen in elkaars vlees over het kleed gerold. Kiek! Trut! Geit! Ook nu wilde ze haar weg. Ze wilde naar de foto's kijken die Ivo van haar had gemaakt en daarna wilde ze masturberen. Maar Vicky bleef zitten.

'Wil je koffie?'

'Heb je kruidenthee?'

In de keuken besnuffelde ze opnieuw haar vingers. Ze roken vaag naar kut, al was het dagen geleden dat ze het had gedaan. Altijd als ze klaar was, schrobde ze haar vingers. Ik ben geen mens, dacht Jana, en vulde de waterketel. Ze had Ivo al twee keer bedrogen, een keer met een vreemdeling van wie ze nooit meer iets had gehoord, een keer met zijn beste vriend. De vriend had Ivo om vergiffenis gesmeekt terwijl hij bij haar deed wat ze wilde dat hij deed. Hij had haar broek uitgetrokken en met snikkende stem: Vergeef me, Ivo! gestotterd.

Maar er moest geneukt worden in de wereld. Er moest veel worden geneukt.

De telefoon rinkelde. Het was de directrice die zei: 'Ik begrijp u beter dan u denkt. Zelfgenoegzaamheid is een grotere kwaal dan onzekerheid. Ik twijfel iedere dag aan mezelf.'

'Maar weglopen is geen oplossing,' zei Jana.

'Precies.'

Vicky legde een blad papier naast de telefoon: JE MOET JE EXCUSES AANBIEDEN.

'Maar ik ben helemaal niet weggelopen. Ik heb alleen ingezien dat ik me heb vergist. Ik had u eerst op de hoogte moeten brengen. Mijn excuses daarvoor.'

'U hoeft zich niet te verontschuldigen maar de leerlingen waren ontgoocheld. Sommigen hadden u op de televisie gezien.'

'Het kan toch niet moeilijk zijn om iemand anders te vinden.'

'Nee, maar ik had toch graag eerst een onderhoud met u. Ik ben nogal koppig.'

'Ik ook,' zei Jana.

De directrice lachte. 'Wij hebben jonge mensen zoals u nodig. U weet wat bij onze leerlingen leeft.'

'Misschien erg weinig.'

'Dat mag u niet zeggen. Kunt u morgen een uurtje voor me vrijmaken?'

23

'Van haar hoefde ik me niet te verontschuldigen.'

'Doe niet zo tegendraads, Jana.'

'Ivo en ik zeggen nooit sorry tegen elkaar.'

'Ook niet als je per ongeluk de deur in zijn gezicht dichtslaat?'

'Nee.'

'Of al zijn witte hemden bij de blauwe was stopt?'

'Nee.'

'Of heel luid boert aan tafel?'

'Nee. Nooit.'

Jana nam een haarlok en streek ermee over haar lippen alsof het een kwastje was.

'Bekruipt jou nooit de zin om de hoer uit te hangen, Vicky?'

'Bij Victor?'

'Nee. De hoer hang je uit bij een man die je niet kent. Je gaat op de hoek van de straat staan en je wacht tot een man vraagt of je met hem meegaat.'

'Waar jij je mee bezighoudt.'

Jana lachte. 'Onlangs had ik met Ivo in de stad afgesproken. Hij was te laat of ik te vroeg, en terwijl ik stond te wachten kwam een man naar me toe. Natuurlijk ben ik niet met hem meegegaan, maar wat zou er zijn gebeurd als ik het wel had gedaan?'

Vicky klakte met haar tong. Jana lachte. Toen Vicky de eerste keer met een jongen tot het einde was gegaan, had ze tegen Jana gezegd: Het is niet alsof je altijd naar een zwart-witfoto hebt gekeken en plotseling een kleurenfoto ziet. Eigenlijk is het ontstellend gewoon.

Soms vond ze dat Vicky gelijk had.

Soms ook niet.

En ze hield meer van zwart-wit dan van kleur. Ivo gebruikte nooit kleur. Zelfs niet voor vakantiefoto's in de zon.

'Heb je mama al gebeld, Jana?'

'Jij zult haar wel hebben gebeld. Jullie twee bellen elkaar voortdurend om over mij te kleppen.'

'Mama had gehoopt dat je zelf zou bellen. Ze is erg ontgoocheld.'

We zijn niet boos, we zijn bedroefd.

'Wat zei ze verder?'

'Ze wil zich er niet mee bemoeien. Ze zegt dat zolang zij zich er niet mee bemoeit, de kans bestaat dat je je bedenkt.'

Een van Vicky's vroegere schoolvriendinnen werkte als anesthesiste in een universitair ziekenhuis; een andere leidde een pr-bureau en een derde was diensthoofd personeelszaken op een ministerie. Alle vrienden en vriendinnen van Vicky hadden een goede baan. Dat komt door die acht jaar verschil, zei Vicky. Wij hebben alle banen ingepikt.

'Vicky, wat doe je? Dat is mijn post!'

'Waarom maak jij je brieven niet open?'

'Welke?'

'Deze. Hij is van het produktiehuis dat je werk heeft bezorgd.'

'En dan?' Maar ze scheurde de envelop open.

Het was een uitnodiging voor alle mensen die het voorbije seizoen via hen werk hadden gevonden.

'Mevrouw Jana Bekkers en partner. Kom je mee, Vicky? Ze starten met een nieuwe reeks en in een eerste aflevering mogen we komen vertellen hoe de baan ons bevalt.'

'Wat ga je vertellen?'

'De waarheid, Vicky. Op de televisie wordt altijd de waarheid verteld.'

'Ik kom mee als jij belooft alles nog eens rustig te overwegen.'

'Voor wat hoort wat.'

'En beloof me dat je me morgen belt.'

'Ik bel je. En ik zal mijn excuses aanbieden. En met twee woorden spreken. Excuseer, mevrouw L. Wasteels. Dank u, mevrouw L. Wasteels. Mag ik uw voeten likken, mevrouw L. Wasteels.'

Maar toen Vicky de deur uit was, gooide ze de uitnodiging in de vuilnisemmer. Ze bedacht zich, haalde hem er weer uit. Er zaten vegen as op. Ze rook eraan en trok haar neus op. Ivo's vriend had haar holletje gelikt. Dat vond ze raar, maar niet onprettig. Ze bonkte met haar hoofd tegen de muur. Was bang dat ze Ivo, als hij straks thuiskwam, lelijk en saai zou vinden.

4.

Lucie Wasteels

Ze had haar haar opgestoken en er een roos in geprikt, en ze was van top tot teen in het wit gekleed, zodat we nog voor ze een woord had gezegd wisten dat het moment was gekomen: eindelijk zouden we haar geliefde Catullus lezen.

'Nobis cum semel occidit brevis lux, nox est
perpetua una dormienda. Als eenmaal het kort-
stondige licht is ondergegaan, moeten we slapen
een enkele eeuwige nacht. Nox perpetua una.
Maar ook: Vivamus, Lesbia, atque amemus. Kinderen, verklaar amemus.'

'Een hortatieve conjunctief, mevrouw.'

'Vertaal de regel.'

'Laten we van het leven genieten, Lesbia, en
laten we elkaar beminnen.'

Vivamus atque amemus. We waren zestien en
hadden van de wereld niet veel meer gezien dan
de kostschool en ons ouderlijk huis. We zaten in
rechte houten banken en droegen een donker
schooluniform. We werden dag en nacht door
surveillanten bewaakt.

Duchêne klapte in haar handen. Neem een blad papier en noteer: Ik ga op reis naar Rome. Wat wil ik zeker doen? Wat wil ik zeker zien? Twee kantjes. Jullie mogen nu beginnen.

Later die dag was Ella in een rothumeur. In de eetzaal duwde ze haar bord pap weg. 'Wat weten wij over Rome? Er zijn scholen die op reis gaan naar Rome. Eerst naar Vaticaanstad, dan naar het Forum.'

'Naar Rome, Ella?'

'Ja, naar Rome. Daar leer je in een week meer dan hier in zes jaar.'

'Maar weet je hoe ver dat is?'

'Het hoeft geen voettocht te worden, Luce.'

'El heeft gelijk,' zei Cil met haar mond vol pap. 'Bij een neef van me op school gaan de laatstejaars in de paasvakantie met hun leraar Latijn naar Rome.'

'Is jullie opstel af?' vroeg Ella.

We knikten.

'Voeg er een zin in het Latijn aan toe: "Indien ik volgend jaar met mijn geliefde lerares Latijn naar Rome zou kunnen gaan, zou ik zeer gelukkig zijn." Of maak er een wenszin van: "Utinam Romam una cum linguae Latinae magistra mea carissima iter faciam! – Moge ik samen met mijn geliefde lerares Latijn naar Rome reizen!" Vergeet de uitroeptekens niet!' Duchêne was dol op uitroeptekens.

Duchêne las onze slotzin en keek glimlachend van Ella naar Cil naar mij. 'Mijn flinke latinisten!'

Ze stopte onze opstellen in haar tas en schreef op het bord: 'Wie geld heeft, kan vele mooie reizen ondernemen!' Cil moest hem vertalen. 'Cui pecunia, ei itinera!'

De volgende les haalde Duchêne een laken uit haar tas, drapeerde het om zich heen en zei: 'Wie helpt mij het Forum Romanum hier in de tuin van het landhuis aan te leggen? Cil, dat is één. Wie verder?'

Alle vingers gingen de lucht in. Duchêne straalde. 'Ik moet nog een paar afspraken maken,' zei ze, 'en dan beginnen we.'

Enkele lessen later drapeerde ze opnieuw haar laken over haar schouders.

'Hoe gaf Socrates les?' Haar ogen priemden in de mijne.

'Al wandelend met zijn leerlingen?'

'Juist. Trek jullie jas aan, we gaan naar buiten. Hier,' zei ze, 'komt het Forum.' Ze wees met een weids gebaar naar het grasveld achter het landhuis, waar de werknonnen de lakens en handdoeken lieten bleken. Ze herschikte de plooien van haar toga en declameerde Horatius' 'Ibam forte Via Sacra'. Toevallig liep ik eens langs de Via Sacra. Ondanks mezelf moest ik glimlachen en vergat ons oorspronkelijk plan. Duchêne schreed in haar toga over het grasveld en ik zag niet langer de bomen, de struiken en de bloemen in hun perk, ik zag de verbrokkelde zuilen, de achteloos op elkaar gestapelde stenen, de roemrijke ruïnes die ik kende van de plaatjes in mijn Latijnse grammatica. In laatste instantie gaf Duchêne ons een les over de kracht van de verbeelding. We zouden op haar vleugels naar Rome reizen; we zouden met haar ogen het Forum zien.

'Gras,' hoorde ik Ella achter mijn rug mompelen. 'Ze heeft ons mee naar buiten gesleurd om gras te bewonderen.'

Toen we de volgende dag voor het middageten naar het landhuis liepen, lagen er drie beige zakken in het gras. 'Gips,' zei Ella. 'Duchêne gaat zuilen maken.'

De eerste zuil mislukte.

'Maakt niet uit,' zei Duchêne opgewekt, 'bij pannekoeken mislukt de eerste ook altijd.'

Vier zaterdagen later hadden we twaalf zuilen.

'Volgende week schilderen we ze,' zei Duchêne.

'En daarna?' vroeg ik.

'Daarna vernissen we ze.'

'En daarna?'

'Zijn ze af.'

Ik ging het gips van mijn handen en gezicht wassen en een schone schort aantrekken en toen ik daarna op weg naar buiten voorbij de eetzaal kwam, zag ik Duchêne bij de haard zitten die niet brandde. Ze moet me hebben gehoord, want ze keek op en wenkte me.

'Ga zitten,' zei ze. 'Waarom ben jij altijd zo schuchter?'

'Moet u niet naar huis?' vroeg ik.

'Ja,' zei ze, 'ik moet naar huis,' maar ze bleef zitten.

'Bent u moe?' vroeg ik. Er zaten witte vegen op haar gezicht en slierten haar waren uit haar knoetje gesprongen.

'Ja,' zei ze. 'Maar het is een prettige vermoeidheid.' Ze sloot haar ogen. Toen ik opstond om weg te gaan, zei ze: 'Later kunnen jullie naar Rome gaan.'

'Ja, maar niet met u.'

Ze glimlachte. 'Jullie zijn lieve kinderen.' Met een ijskoude hand kneep ze even de mijne.

'U hebt het koud,' zei ik, 'maar het is hier niet koud. U werkt te hard.'

'Je kunt nooit te hard werken. Toch niet als je iets graag doet. Heb jij ooit het feest van Sint-Lucia gevierd? Het feest van het licht? Nee? Dan zul je het dit jaar voor het eerst vieren. Dertien december is de feestdag van Sint-Lucia. Ze glimlachte. 'Je zult een mooie Lucia zijn.'

Elk ogenblik kon de deur worden opengegooid of kon Duchêne opstaan. Toch begon ik me rustiger te voelen. Ik durfde zelfs naar Duchêne te glimlachen en ook zij glimlachte. Het was Cil die ons stoorde. 'Sorry,' zei ze. Ze trok de deur weer dicht, maar Duchêne riep haar terug.

'Lucie en ik zaten een beetje te praten. Zijn jullie klaar?'

'Ja, maar we vinden dat het geen forum is. Een forum moet ook beelden hebben.'

'En ik die dacht dat jullie niet warmliepen voor mijn forum! Jullie willen beelden? Dan maken we beelden!'

Het werd november en te koud om buiten te werken, dus boetseerden we de beelden in de hal. Wie hadden we gemaakt?

'De Vestaalse maagden,' riep de een.

'Een matrone met haar dochters,' riep een ander.

Maar Duchêne zei: Dit zijn de drie gratiën, en toen ze de beelden op de academie in gips had laten afgieten, gaf ze de ene rood, de andere blond en de derde zwart haar.

'Zijn dat Ella, Cil en Lucie, mevrouw?'

'Het zijn de drie gratiën.'

'Dan moet er nog een vierde beeld komen, een Venusbeeld. De gratiën bestaan niet zonder haar.'

En dus boetseerden we een vierde beeld dat we een knoetje gaven, een knoetje van klei, dat een gipsen knoetje werd waarop een laagje bruine verf werd gezet.

'Bent u Venus, mevrouw?' vroeg een meisje.

Duchêne antwoordde niet.

'Als Ella, Cil en Luce de gratiën zijn, dan moet u Venus zijn,' drong ze aan.

Duchêne lachte. 'Nu nog vernis,' zei ze, 'en dan is het forum af.'

Op een van de laatste dagen van dat schooljaar wandelden Cil, Ella en ik naar het forum. Het was een hete junidag en de nonnen schuilden voor de zon in hun kapel. Misschien waren ze ons vergeten; of misschien vonden ze dat we oud genoeg waren om onszelf bezig te houden. De meeste internen waren al opgehaald en alle externen waren thuis.

Cil en Ella begonnen in themazinnen te spreken.

'Indien de drie gratiën hun meesteres Venus schade toebrengen,' zei Ella, en ze gooide een keitje naar het Venusbeeld, 'zouden ze door haar worden verstoten.'

'Indien de leerlingen geweten hadden dat hun inspanningen tot het bouwen van een Forum Romanum niet met een reis naar Rome zouden worden beloond, zouden zij niet vele mooie zuilen hebben gemaakt,' zei Cil.

Ella lachte. Zei: 'Nadat de leerlingen tevergeefs hun lerares hadden verzocht om met hen een reis naar Rome aan te vatten, vroegen zij haar een reis naar Trier te ondernemen.'

'Naar Trier? Waarom naar Trier?'

'Het Rome aan de Moezel. Door een nieuwe Aeneas gebouwd op het kruispunt van de Gallische en Germaanse wereld. Luce, jij moet het haar vragen. Op het feest van Sint-Lucia. Als ze je opnieuw zo'n lichtkroon laat dragen.' De vorige keer had Ella me gevraagd waarom ik met een verjaardagstaart op mijn hoofd liep. 'Dat ze haar man meeneemt. Een tweede huwelijksreis. In nuptiarum memoriam. Leuk toch?'

'Hoe lang wil je naar Trier?'

'Een week. Vier dagen. Drie dagen. Maakt niet uit.' Ze gooide met een steentje naar het Venus-beeld. 'Nog een jaar,' zei ze.

5.

Jana Bekkers

'Wat is volgens jullie "psychologie"'?

Niemand stak zijn hand op.

'Waaraan denk je als je het woord "psychologie" hoort?'

Achttien uitdrukkingsloze gezichten. Het was het vijfde en laatste uur van haar eerste schooldag, en ze had al lang begrepen dat ze de inbreng van de leerlingen sterk had overschat.

'Wel?'

Stilte.

'Jij.' Ze keek naar een jongen op de tweede bank, maar net zoals in de vorige vier klassen reageerde iemand anders.

'Psychologie houdt zich bezig met problemen,' zei een meisje schuin achter hem. 'Huwelijksproblemen, hartsproblemen...' Er werd gegiecheld. Hier stond ze: de lerares, de pineut, het pispaaltje. Jana, je mag zo'n kans niet laten liggen! Probeer tenminste te achterhalen of je er al dan niet talent voor hebt!

'En wat vind jij?' Ze keek naar het meisje dat

35

had gegicheld, maar opnieuw antwoordde iemand anders.

'Mensen met een depressie gaan naar een psycholoog.' De jongen bloosde hevig. Geen persoonlijke ontboezemingen, had ze zich voorgenomen. Ze glimlachte kort en keek naar het meisje dat bij het begin van de les was opgeveerd om het bord schoon te maken.

'Ben jij het daarmee eens?' Schuin achter het gedienstige meisje haalde een jongen verveeld zijn schouders op.

'Psychologie is gezeik.' Er werd gelachen.

'Kun je dat niet op een andere manier zeggen?'

'Gezeik, gelul, kut…'

'Stoer,' zei ze en keek strak naar een jongen op de achterste bank die met een zakmes zat te spelen. Hij was de enige die niet lachte. 'En jij? Wat denk jij?' – Jana, bereid je les goed voor! Vijftig minuten zijn vijftig minuten. Jij moet ze vullen. – De halve achterste rij draaide zich om, keek naar de muur en toen vragend naar haar.

'Ik, mevrouw?' vroeg het meisje rechts van de jongen met het zakmes. Het moest aan haar liggen!

'Ja, jij.' Verstomd staarde ze naar de klas. Er was iets met haar ogen! Ze keek een beetje scheel! Voor haar neus op de eerste bank begonnen twee meisjes te kletsen.

'Als je iets wilt zeggen, moet je eerst je hand opsteken.'

'Maar ik zei niets!' zei de jongen achter hen.

36

'Zij wel,' zei Jana en wees met haar vinger naar de babbelaarsters. Hoe had ze ooit kunnen denken dat ze het met een onnozele vraag zou redden? Maar in de andere klassen had ze het gered. Of min of meer gered. Psychologie onderzoekt dromen, hadden ze gezegd, en ze hadden haar hun dromen verteld.

'Hebt u zich geamuseerd dinsdagavond op de televisie?' vroeg de jongen met het zakmes.

'Ja, en berg alsjeblieft dat mes weg tot na de les.'

Hij plantte het in het schrijfvlak van zijn bank.

'Weg, zei ik.'

Hij wrikte het los en klapte het dicht.

'Waarom zei u dat u liever geen les gaf?'

'Omdat ik wist dat jij in de klas zou zitten.' Ze sloeg een hand voor haar mond, geschrokken van haar eigen brutaliteit. Een aantal leerlingen roffelden met hun knokkels op de bank.

'Hoeveel hebt u gekregen om aan het programma mee te doen?'

De jongen wiebelde op de achterste poten van zijn stoel. Hij klapte het mes open, blies op het lemmet, poetste het op de mouw van zijn jasje op.

'Niets. Hou op met dat mes!'

Overal in de hele klas begonnen leerlingen te praten en met hun stoelen te schuifelen. Ze tikte met haar ring tegen het bord, maar het geroezemoes verstomde niet. De jongen met het mes borg zijn schrijfgerei in zijn tas en sloeg zijn armen over elkaar. Zijn mes lag op zijn lege lessenaar. Jana keek op haar horloge. Nog vijf minuten.

'Stilte!'

De jongen grijnsde.

'Neem allemaal een blad papier en noteer: psychologie is de wetenschap die...' Niets geen wetenschap, maar goed, zo stond het in het handboek dat ze van plan was te plunderen.

'Mevrouw, moeten we voor u in een schrift noteren, of op losse blaadjes?'

'Wat doen jullie voor de andere vakken?'

'Dat hangt ervan af. Voor Frans hebben we een werkschrift, voor geschiedenis krijgen we stencils die we moeten invullen, voor...'

'Wat mij betreft doen jullie waar je zin in hebt: losse blaadjes, een schrift, een blocnote, kies maar.' Ze keek naar de babbelaarsters op de eerste bank. 'En jullie moeten stiller zijn.'

'Ik zei niets,' zei de jongen achter hen.

'Zij wel,' zei Jana en wees met haar vinger.

De bel! Stoelen werden achteruitgeschoven, lessenaars open- en dichtgeklapt, boekentassen van de grond gehesen.

'Tot volgende week,' zei Jana, maar niemand lette op haar. Ze klopte het krijtstof van haar bloes en zag twee grote zweetkringen onder haar oksels.

'Alsjeblieft.' Het was het gedienstige meisje. 'We mogen zitten waar we willen, maar iedereen heeft eigenlijk een vaste plaats.'

Jana tuurde naar het plattegrondje met banken

en namen. Namen! Maar hoe zou ze ze ooit allemaal onthouden? Ze kon ze zelfs nauwelijks lezen. Het handschrift was onleesbaar.

'Hoe heet jij?'

'Bea.'

Ze glimlachte. 'Dank je, Bea. Zijn jullie altijd
zo rumoerig?'

Ze haalde haar schouders op. 'Het is vrijdag,
mevrouw, en het laatste uur.'

De jongen met het mes heette Dieter. Eén
vriendin, één vijand. Ze was bekaf.

'Maar ziet u,' had ze tegen de directrice gezegd,
'ik geloof niet in psychologie. 'Geen honderd
psychologen kunnen een mens veranderen.'

'U hebt gelijk en u hebt geen gelijk, maar dat
wij fundamenteel anders omgaan met onze leerlingen dan vroeger heeft alles te maken met psy-
chologische inzichten.'

'Ik denk dat het alles te maken heeft met econo-
mie, politiek, welvaart.'

De directrice schonk een tweede kop voor zich
in. Jana weigerde opnieuw.

'Ik denk dat u zichzelf onderschat. Ik ben ervan
overtuigd dat u onze leerlingen veel kunt bieden.
En het gaat maar om tien uur per week.'

'Gaat u naar Rome?' vroeg Jana en wees naar de
stapel reisfolders op het bureau van de directrice.

'Iedere paasvakantie met onze laatstejaars. Als
u wilt, kunt u meegaan.'

'Ik moet er als kind geweest zijn, samen met

mijn zus en mijn grootmoeder.' Ze nam het bovenste boekje van de stapel. A GUIDE TO THE MONUMENTAL CENTRE OF ANCIENT ROME WITH RECONSTRUCTIONS OF THE MONUMENTS. 'Ik herinner me er absoluut niets van.'

Het boekje begon met het Colosseum. Als je een micapapier omsloeg zag je een foto van het Colosseum in zijn huidige toestand. Op het micapapier waren het afgebrokkelde deel, een bronzen beeld en wat struiken geschilderd. Vroeger en nu, een kwestie van een vel mica.

'Ik heb het ooit in Rome gekocht. Het is niet erg wetenschappelijk, vrees ik. Eigenlijk is het waardeloos.'

'Mijn man maakt dit soort boekjes. Hij verzamelt oude foto's van stadsgezichten en landschappen, en probeert dan die plekken op te sporen om er een nieuwe foto van te maken. We hebben thuis twee albums vol, links de oude foto, rechts de nieuwe. Mijn man heeft een hekel aan verandering.'

'Twee albums vol?'

'Ja, dat is wat wij op zondag doen. Op zoek gaan naar een plek om er een foto van te maken.'

'Ik had me u helemaal anders voorgesteld,' zei de directrice.

'Waarom?'

De directrice schudde haar hoofd. 'Ik wil u niet onder druk zetten, maar ik moet wel dringend een antwoord van u hebben.' Ze stond op. 'U geeft al uw lessen op twee dagen, donderdag en vrijdag. En nu donderdag hoeft u al niet te komen want de hele school gaat naar de begrafenis van een leerkracht. Wat zegt u: ja of nee?'

Jana keek naar de grond.

'Dan zeg ik "ja" voor u.' De directrice stak haar hand uit. 'Tot vrijdag. U begint om tien over tien.'

'Waarom getroost u zich zoveel moeite voor mij?'

'Ik heb u al gezegd dat ik koppig ben. Ik geloof in mensen. In u.'

Iedereen wilde haar altijd tot de mensheid bekeren, haar moeder, Vicky en nu ook de directrice. Ze weigerden te aanvaarden dat zij, Jana, perfect gelukkig was zoals ze was; dat ze het liefst met rust werd gelaten, ook en vooral door vriendelijke mensen. Alleen Ivo liet haar begaan. Met hem leefde ze in stilte. Dagen gingen voorbij zonder dat tussen hen een woord werd gewisseld. Jullie moeten meer praten, zei Vicky, en zij dacht: Jij moet meer zwijgen. Hun zwijgen was een opeten van woorden, de woorden die lagen tussen vroeger en nu, het gekwebbel van eeuwen geschiedenis. Op die manier was Ivo haar even noodzakelijk als eten en drinken. En hij was haar alibi: ergens in dat kille mens moest er een hart kloppen, anders was ze niet getrouwd. Ivo was haar micapapiertje: normale vrouw, abnormale vrouw; vrouw met hart, vrouw zonder hart. Misschien zou op een dag het micapapiertje blijven vastplakken, zou het zich vermengen met haar huidcellen, een deel worden van haar lijf.

Al je lessen op twee dagen? had Vicky gezegd. Jij hebt altijd alle geluk! En het was waar. Ze had altijd alle geluk. Waarom? Omdat ze het niet wilde. Omdat ze anders dan andere mensen het geluk niet achternaholde.

Nu belde Vicky om alles te horen over haar eerste schooldag.

'Zei jij vroeger dan zoveel?' vroeg Vicky.

'Bij mama in de les niet.' Ze lachten.

Ze vertelde haar zus over het incident met de jongen met het zakmes.

'Heb je dat echt gezegd?'

'Hij daagde me uit!'

Vicky floot tussen haar tanden.

'Je moet niet zo familiair met ze doen. Zeker met een vak als psychologie moet je uitkijken.'

'Ik was niet familiair, ik heb hem beledigd.'

'Dat is familiair. Flirterig zelfs. Je laat ze je toch niet "Jana" noemen.'

'Nee, nee, ze noemen me Adolf.' Maar Vicky lachte niet. Ze begon aan een verhaal ter ondersteuning van haar waarschuwing voor een al te vertrouwelijke omgang met de leerlingen. 'Vicky, ik ben niet met die jongen naar bed geweest! Zeg liever of je het dinsdag leuk vond.'

'Ja, maar waarom moest jij met die producer zo… zo…'

'Familiair doen?'

'Ja, doe jij altijd zo?'

'Vicky, jij hebt een familiariteitscomplex. Ik heb gewoon gezellig met die man zitten praten.'

'Je hebt de hele avond met niemand anders gepraat.'

Hier klopt iets niet, dacht Jana. Iedere keer als ik haar bel, berispt ze me of ik haar kind ben, en toch blijf ik haar bellen. Misschien vind ik het wel geruststellend: alles is zoals het altijd al is geweest, en ik ben en blijf een moeilijk, lastig kind, over wie Vicky zich hoofdschuddend zorgen maakt.

Ze snuffelde aan haar vingers. Straks als Ivo thuiskwam, zou ze hem vragen of ze loenste. Ze had meteen toen ze thuiskwam alle foto's die hij ooit van haar had gemaakt, aandachtig bestudeerd, en op een aantal keek ze inderdaad lichtjes scheel. Zou hij het al die tijd hebben geweten?

Ze waste haar handen langdurig met douchegel die naar abrikozen rook, overwoog of ze ook haar haar zou wassen, maar ging op de bank liggen denken aan de producer met wie ze volgens Vicky veel te lang en te intiem had gepraat. Tijdens het programma waren veel telefoontjes van verontwaardigde kijkers binnengekomen. Hoe durfde Jana zo ondankbaar te zijn terwijl duizenden mensen om werk smeekten! Niets van aantrekken, had de producer gezegd, je was waarachtig en dat is het enige dat telt. Hij had haar telegeniek genoemd.

'De meeste mensen zijn op van de zenuwen voor de camera, maar jij was zo rustig. Vorige keer ook trouwens. Jij bent niet bang.'

'Waarom zou ik bang zijn? Ben jij bang?'

'Iedereen is weleens bang. Misschien maak ik ooit nog een programma waarin mensen met jou over hun angsten kunnen komen praten. Ben je gelijk van die onderwijsbaan verlost.'

'Maar ik hou helemaal niet van televisie.'

'Nou, en? Ik vraag je toch niet om te kijken.'

6.

Lucie Wasteels

Trier voorjaar 1950. Puin, slecht bevoorrade winkels en geslagen mensen die van 's morgens tot 's avonds als mieren in het puin wroetten. Soms zag je iemand in zijn eentje met blote handen puin ruimen alsof iedereen die hem had kunnen helpen eronder lag bedolven. 'Waarom nemen we niet een beetje puin mee naar huis voor ons forum?' zei Ella. 'Authentiek Duits puin.' Ze gierde het uit.

De reis begon weken voor we vertrokken. Duchêne hing een plattegrond van Trier in de klas en besteedde al haar lessen aan de geschiedenis van Augusta Treverorum, de stad waaraan Keizer Augustus zijn naam had gegeven en die was gebouwd op een plek waar altijd al mensen hadden gewoond. Over de Keltische Treveren had Caesar geschreven dat ze de beste ruiterij van Gallië hadden. Blijkbaar, zei Duchêne glimlachend, had Caesar voor elke stam die hij overwon een woord van lof over. Maar hij prees de ruiterij van de Treveren met reden: in 57 v.C. waren ze naar hem overgelopen. Was dat een vorm van collaboratie, mevrouw? vroeg Cil. – Ja, zei Duchêne. Er werd veel met de Romeinen gecollaboreerd. De mensen hadden geen andere keuze.

Omdat we geen uniform zouden dragen, mochten we naar huis schrijven om geschikte kledij te laten opsturen.

'Maar welke kleren moeten we meenemen?'

'De kleren die je zou dragen als je de reis met je ouders maakte.'

'En mogen witte sokjes ook?'

'Witte sokjes mogen ook.'

Soms wilde ik dat de dagen zouden vliegen en het tijd zou zijn om te vertrekken. Dan weer wilde ik dat elke minuut eindeloos zou duren opdat dat ook in Trier het geval zou zijn.

'De Romeinen,' had Duchêne verklaard, 'waren geen oorlogszuchtig volk.' Haar mondhoeken trokken naar beneden, haar neusvleugels trilden, haar stem klonk bars in het hoge klaslokaal. We hadden een les over de Barbara-thermen verwacht, maar Duchêne zei: 'Si vis pacem, para bellum. Cil, vertaal.'

'Wie vrede wil, moet zich op een oorlog voorbereiden.'

'Met andere woorden, de Romeinen voerden een politiek van afschrikking. Cil, was dit land op een oorlog voorbereid?'

'Nee, mevrouw.'

'Si vis pacem. De Romeinen wensten vrede. De Pax Romana was hun ideaal.'

Ella stak haar hand op. 'Waarom voerden ze dan voortdurend oorlog?' Geschrokken keek iedereen naar Ella die onverstoord verder ging. 'Bijna al onze themazinnen gaan over oorlog. "Nadat de soldaten een kamp voor de nacht hadden opgeslagen... Indien de stad door moedige mannen belegerd werd, zouden de inwoners zich hardnekkig verdedigen. De Galliërs werden door de Romeinen in de pan gehakt. De Trojanen..."'

'Dank je, Ella, ik heb begrepen wat je wilt zeggen. Maar jij hebt niet begrepen wat de Romeinen wilden zeggen. Als Vergilius zijn *Aeneïs* aanheft met: Arma virumque cano, dan bezingt hij niet het geweld. Hij bezingt de moed. De Romeinen verheerlijkten nooit het geweld. En de Grieken nog minder. Polemos, de oorlog, is een noodwendigheid. Lucie, wat is de precieze betekenis van het begrip "Pax Romana"?'

'De Romeinse vrede.'

Ze klakte met haar tong.

'Ik vraag geen vertaling. Ik vraag een omschrijving van het begrip. De Pax Romana is een beschavingsideaal. In zijn uiteindelijke consequentie is het een utopie. De hele wereld had de vruchten moeten kunnen plukken van de Romeinse wetgeving, hun wegen, onderwijs, thermen, handel, literatuur... De Romeinen waren niet in de eerste plaats krijgsheren. Zij waren wetgevers, staatsmannen. Op het slagveld zijn de wapens weinig waard, zegt Cicero, als er in de staat geen goed beleid wordt gevoerd. En verder: Cedant arma togae. Laat de militaire macht wijken voor de toga. Waarom zegt Cicero dit? Omdat de oorlog een bedreiging vormt voor de rechtsorde. Silent leges inter arma. Als de wapens spreken, zwijgen de wetten. Gedenk die woorden wanneer we in Trier zijn. Silent leges inter arma. En laat niemand ooit de Romeinen met hen vergelijken.' Hen. Ze spuwde het woord uit.

Cil stak haar hand op.

'Hebt u er spijt van dat we naar Duitsland gaan?'

'Nee. Ik wil alleen dat we goed voor ogen houden waar we naar toe gaan.' Ze tikte tegen de plattegrond van Trier. 'Ik weet niet wat hiervan over is.' Ze haalde een boek uit haar tas, sloeg het open en toonde ons een luchtfoto van wat Pompeji had kunnen zijn. 'Die foto is op kerstdag 1944 vanuit een Amerikaans vliegtuig gemaakt. De bommen zijn op kerstavond gegooid.'

Iedere avond kwam Zuster Ursula bij ons aan tafel zitten. Waar lag Trier? Hoe lang zou de reis duren? Waar zouden we slapen? Wat zouden we ginder eten? Wat zouden we bezoeken? Ze vergat dat ze onze surveillante was, leek plotseling net als wij een leerling te willen zijn.

Op een avond stelde Cil lachend voor dat ze beter Duchênes lessen kon bijwonen. 'Dan weet u net zoveel als wij!'

De volgende dag al stond ze daar. Ze glimlachte wat schutterig en ging op de plaats zitten van een meisje dat in de ziekenzaal lag. Ella stootte me aan, maar voor iemand iets kon zeggen hoorden we het getik van Duchênes hakken. Ursula noteerde vlijtig en stak haar hand op als een vraag werd gesteld, maar Duchêne gaf les alsof ze haar niet had opgemerkt. De bel ging, Duchêne klapte haar boek dicht, nam haar boekentas en verdween. Ursula stond op, liet haar schrift tussen de plooien van haar habijt glijden en haastte zich de klas uit.

De volgende les schreef Duchêne een Latijnse zin op het bord. 'Discipulae Augustam Treverorum tendentes ne vestes uniformes sibi induant neve a paedagogis ducantur.'

Nu liet ze Ursula aan het woord.

'Ja Zuster, vertaalt u maar.'

Langzaam drong de betekenis van de zin tot me door. 'De leerlingen die naar Trier gaan, zullen geen uniform dragen en niet vergezeld worden door surveillanten.'

'Zuster, ik wacht.' Ella stak haar hand op. Duchêne negeerde haar. 'Zuster,' zei ze, 'ik denk dat u zich vergist. Dit is een les voor leerlingen die al meer dan vijf jaar Latijn hebben gevolgd. Zuster Directrice wenst een onderhoud met u. Nu meteen.'

Ursula bleef zitten. Haar fletse, bruine lippen trilden, haar ogen vulden zich met tranen, haar hoofd werd roder en roder.

'Zuster,' zei Duchêne rustig, 'uw plaats is niet hier.'

En toen liet Ursula een knallende scheet.

'Zuster!'

De hele klas gaapte met open mond van de non naar de lerares. Ik beeldde me in dat ik mijn horloge kon horen tikken. Ursula had zichzelf met verstomming geslagen. Na wat een eeuwigheid van zwijgen leek, duwde ze zich overeind.

'Trier is een schoolreis voor de leerlingen,' zei Duchêne iets milder nu ze zag dat ze het pleit had gewonnen. 'Als u naar Trier wilt gaan, moet u dat met Moeder-overste regelen.'

'Ik zorg altijd voor de leerlingen,' siste Ursula, en strompelde de klas uit.

'Maar niet in Trier,' zei Duchêne tevreden. 'En nu mag jij deze zin vertalen, Ella.'

Het was maar goed dat ik niet aan de beurt was. Ik zou geen woord uit mijn keel hebben gekregen.

7.

Jana Bekkers

'Jou missen put mij uit.'

De vijf woorden stonden in groene letters op een vel gelinieerd schrijfpapier. Een lelijk, wriemelend handschrift met grote, overhellende lussen. Jongen of meisje? Jongen, dacht ze. Ze had het blad tijdens de les naar de zwartgestippelde tegels zien zweven. Niemand had geprobeerd het op te rapen, niemand leek het te hebben opgemerkt. Ze was er een paar keer achteloos langsgelopen zonder te kunnen lezen wat er stond. Ze had op het blad getrapt en er een stoffige afdruk op achtergelaten. Pas na de les had ze het opgeraapt. 'Jou missen put me uit.' Was de zin voor haar bestemd?

Ze stond met het blad in de hand in het lege klaslokaal en vroeg zich af wie de woorden had opgeschreven. Als ze hen allemaal iets op papier liet zetten, zou ze het weten, maar ze had nog geen enkele overhoring gehouden en geen enkele taak opgegeven. Voor het eerstvolgende rapport had ze met de leerlingen afgesproken dat ze zichzelf een cijfer mochten geven.

'Hoe bedoelt u, mevrouw?'

'Je mag zelf beslissen hoeveel jij volgens jou hebt verdiend. De cijfers worden voorgelegd aan de klas, die mag beslissen of je te gul of te streng voor jezelf bent geweest.'

'En dan?'

'Dan wordt er gestemd.'

'Is dat psychologie?'

'Democratie, denk ik.'

'Maar wat als we afspreken dat iedereen een tien krijgt?'

'Dan krijgt iedereen een tien en wordt het experiment niet herhaald.'

'Hoeveel zou u zichzelf geven, mevrouw?'

Voor ze haar mond had kunnen opendoen, had iedereen door elkaar de gekste cijfers geschreeuwd. 'Nul!' 'Drie!' 'Twintig!' 'Min tien!' juichte Dieter en plantte zijn mes in het blad van zijn bank. Hij zou zichzelf wel een tien geven. Hij kon niets en hij wist niets, maar hij geloofde dat de wereld hem toebehoorde. Negeren, zei Vicky. Geen aandacht aan besteden, maar ze was bang voor hem en hij rook haar angst. Jana, jij bent de lerares! Zij moeten bang zijn voor jou!

Jou missen put me uit. Ze wou dat zij de zin had geschreven. Dat hij uit haar pen was gevloeid. Uit haar hart.

Ze veegde de stoffige schoenafdruk van het blad en wilde het in een doorzichtig plastic mapje opbergen toen ze het schetsje zag zitten dat haar na de eerste les met deze klas was bezorgd. Dezelfde wriemelende letters! Bea Pickhaus had die dag voor haar getekend wie waar zat, en nu, nauwelijks enkele weken later, had ze met groene inkt vijf raadselachtige woorden geschreven. Maar toch niet voor haar! Kordaat verscheurde ze het blad en gooide de snippers in de prullenmand. Ze nam haar tas en stak haar hand uit naar de kruk van de deur, die op dat moment openging.

'Alles in orde, mevrouw Bekkers?' vroeg de directrice.

'Jawel, mevrouw.'

'De school gaat zo meteen dicht. Ik zou niet willen dat u het weekend hier moest doorbrengen. Vallen de lessen een beetje mee?'

'Soms wel.'

De directrice wierp een vluchtige blik op het lege schoolbord.

'Een van de leerlingen heeft het schoongeveegd,' zei Jana en bloosde bij de gedachte aan Bea Pickhaus' idolate gedienstigheid. Zal ik krijt voor u halen op het secretariaat? De fotokopieën uitdelen? Het bord schoonmaken? Uw schoenpunten likken?

'Wanneer brengt u het bordschema aan?' vroeg de directrice. 'Bij het begin of bij het einde van de les?'

'Het bordschema?'

'Ik vergeet dat u nog geen lerarenopleiding hebt gevolgd. Met het bordschema wordt een overzichtelijke presentatie van de leerstof bedoeld. De leerstof van die dag, welteverstaan. Denkt u niet dat het voor u nuttig zou kunnen zijn om deel te nemen aan onze nationale studiedag over didactische hulpmiddelen? Vroeg of laat moet u toch een lerarenopleiding volgen als u in vast dienstverband wilt worden aangesteld. Waarom niet beginnen met een dag?' De directrice glimlachte. 'Eigenlijk kwam ik u zeggen dat iemand u staat op te wachten bij het secretariaat.'

Ivo, flitste het door haar hoofd. Er is iets met Vicky. Of nee, de producer. Jana, ik maak voortaan alleen nog programma's met jou, rondom jou, voor jou!

'Zou u er bezwaar tegen hebben als ik u Jana noemde?' vroeg de directrice.

'Nee, natuurlijk niet. Zo heet ik toch.'

Ze liepen door een gang met hoge ramen en zwarte vensterbanken.

'Het zou een gelegenheid zijn om je collega's beter te leren kennen. Hier op school is het een beetje traditie dat we met zijn allen de studiedag bijwonen en na afloop samen gaan eten. We zien je weinig in de leraarskamer.'

'Is dat zo?' Maar natuurlijk was dat zo. Ze meed de leraarskamer als de pest, wilde zo weinig mogelijk met de anderen te maken hebben.

'Ze is er niet meer,' zei de directrice.

'Wie?'

'Bea Pickhaus. De leerling die u stond op te wachten. Ken je Bea?'

'Bea de gedienstige. Bea de ijverige.'

'Precies. En Bea die leerkrachten na de les op-
wacht. Prettig weekend, Jana. Vergeet de studiedag niet. Er moet een brief erover in je postvakje
liggen. Je weet toch dat je hier een postvakje
hebt?'

Maar stel dat het de producer was geweest. Dat
hij haar had gezegd: Jana, je moet onmiddellijk
mee naar de studio. We krijgen iedere dag twintig
minuten meteen na het nieuws!

Thuis greep ze automatisch naar de telefoon en
draaide Vicky's nummer.

'Herinner jij je hoe die producer heet?'

'Heb je die man nog niet uit je hoofd gezet, Jana?'

'Vicky, ik ga misschien met hem samenwer-
ken. Dan mag ik toch weten hoe hij heet.'

'Ik weet niet hoe die man heet, Jana. En als ik
het ooit had geweten, was ik het al lang vergeten.
Hoe gaat het op school?'

'Erg goed. De leerlingen staan me al op te
wachten na de les. En ik heb me ingeschreven
voor een studiedag over didactische hulpmiddelen. Daarna ga ik waarschijnlijk een lerarenopleiding volgen.'

'Ga jij ook naar die studiedag? Ik denk dat mama ook gaat. Zullen we met ons drieën gaan?'

'Ja,' zei Jana. Ja, ja, ja. Ze moest zichzelf gewoon verplichten om haar gedachten bij het hier
en nu te houden. Bij Ivo, bij de les, bij Vicky, bij
het huishouden, bij wat ze zouden eten en of ze

zouden uitgaan. Ze zou het gebruik van didactische hulpmiddelen kunnen helpen promoten. Ze
zou een handboek psychologie kunnen schrijven.
Niet: ik, ik, ik, maar: de ander, de gemeenschap.

Zodra ze had opgehangen, rinkelde de telefoon. Het was Bea Pickhaus. Of ze met haar kon
praten.

'We zien elkaar toch volgende week in de les.'

Maar Bea kon niet wachten. Mocht ze alstu-
blieft vanavond nog komen?

'Hoe kom jij aan mijn adres en mijn telefoon-
nummer?'

'Van de secretaresse.'

Hoe zou Vicky reageren? En haar moeder?

'Zullen we zeggen rond halfacht?'

In haar tijd kwam niemand bij zijn leraar of lerares
aan huis. Haar klasgenoten zouden voor geen
geld bij haar thuis zijn gekomen omdat die van
Frans er woonde. En de enkele keer dat er al iemand kwam, was haar moeder in staat om Frans
te spreken. 'Bonjour. C'est bien gentil de rendre
visite à Jana. Qu'est-ce que tu aimerais boire?'

Ogen sluiten. Weer wakker worden in het huis
waar alles begon. Waar zij begon. Aarzelen bij de
wc, oren spitsen. Bukken en snel het rode mapje
met vragen uit de boekentas van haar moeder vis-
sen. De wc binnenglippen. Dan terug naar haar
bed dat nog warm is. Wat later de stem van haar
moeder beneden aan de trap: Kinderen, opstaan!
En later dezelfde stem in de klas: Faites attention,

les enfants. Articulez. Répétez. Caillou, hibou, bijou, pou.

Sporadische pogingen om thuis het Frans als voertaal op te leggen. Passe-moi le lait, Jana! Réveille-toi, Vicky. Votre père et moi ont décidé que vous passerez les vacances dans une famille francophone. Bien entendu pas ensemble.

Jij hoefde van oma aan tafel toch geen Latijn te spreken.

Le latin n'est pas une langue vivante. A ce soir, chéri (tegen hun vader). A ce soir chérie. Net als in hun handboeken.

Jana, réponds en français.

Maar ze had nooit goed Frans leren spreken, zocht liever op wat niet mocht. We moeten vuil en laag zijn. We moeten zondig zijn. Zoals met die vriend van Ivo die om vergiffenis had gesmeekt terwijl hij deed wat hij deed. Wat zij wilde dat hij deed. Terwijl zij dacht: Ja, doe het, het moet. Knabbel aan mijn oorlel, grijp naar een bil, zuig aan een tepel, kom overal waar hij denkt dat hij alleen komt. Dit moet gebeuren. Dit moet.

Maar nooit, nooit had ze iemand laten raken aan de boekentas van haar moeder. De boekentas die op de overloop stond, net buiten de wc. De boekentas waarin de vragen voor overhoringen zaten. Nooit had ze tegen een klasgenote gezegd: Kom mee, mijn moeder is toch niet thuis, dan kunnen we lekker neuzen in haar papieren. Ze had het zelf gedaan, 's morgens vroeg voor iemand anders wakker was, maar alleen nadat ze haar les had geleerd. Ja, dat ken ik, ja en dat ook. Het was een vorm van controle. Alles nog even doorlopen. Ze was nooit een antwoord gaan op- zoeken. Later in de klas schreef ze het precies op zoals ze het op de wc had gedacht.

Het werd acht uur, het werd halfnegen, het werd negen uur, het werd halftien. Bea Pickhaus daag- de niet op. Water suisde in de buizen van de cen- trale verwarming, de koelkast zoemde, de tl-buis boven het aquarium gonsde, regendruppels tik- ten tegen het raam, Jana las een handboek psy- chologie voor jongeren. Af en toe rook ze aan haar vingertoppen en trok haar neus op. Ze keek van de klok naar de telefoon en fronste haar wenkbrauwen.

Om kwart over tien ging ze naar Ivo's werk- kamer, legde haar hand in de zijne en zei: Kom.

Op zijn tafel lag een gedetailleerde wegenkaart.

'Rij je zondag met me mee?'

'Als jij nu komt.'

'Zo vroeg?'

'Zo vroeg.'

Ze waren al lang in slaap gevallen, Ivo met zijn mond open omdat zijn neus was verstopt, en Jana met haar hand tussen haar benen, toen de bel ging. Bea Pickhaus, dacht Jana meteen alsof ze de hele tijd al sluimerend op haar ijverige, opdringe- rige leerling met het lelijke handschrift had ge- wacht. Wat raar, dacht ze, dat iemand als Bea Pickhaus zo'n wriemelend handschrift heeft.

Misschien wil ze helemaal niet de modelleerling zijn. Wriemelt het in haar hoofd net zo hard als in haar geschrift, net zo hard als in mijn hoofd.

8.

Lucie Wasteels

Ik herinner me dat ik in de trein naar je groot-moeder keek en dacht: Als ik het haar op haar sla-pen was, zou ik weten wat er in haar omging. En ik zou altijd bij haar zijn.

Het was begin maart. Als we terugkwamen van Trier, hadden we nog twee weken les, dan was het vakantie en volgde het korte zomertri-mester. Daarna was het afgelopen. En ik wilde niet dat het afgelopen was.

Duchêne zat in een groen mantelpakje naast meneer Duchêne. Ze zei niet dat we rustig op on-ze plaats moesten blijven zitten en ze zei niet dat we niet zo luid mochten praten. Geen surveillan-ten, had ze beloofd.

Meneer Duchêne las een krant en vestigde af en toe de aandacht van zijn vrouw op een artikel. Hij droeg een keurig donker pak en een stijve witte boord.

Hun dochter Renée zat nu eens bij ons, dan weer op de bank tegenover haar ouders.

'Cil,' vroeg Ella, 'wanneer mogen we eindelijk

jouw lange broek zien?'

'Je hebt hem toch gezien.'

'Maar niet aan jou. Toe, trek hem aan.'

'Nu?'

'Ja.'

We keken allemaal naar Duchêne, die Ella's voorstel moest hebben gehoord, maar geen teken van goed- of afkeuring gaf.

'Kom op, Cil!'

Cil kroop op de bank, klapte haar koffer open en nam de broek.

'Waar trek ik hem aan?'

'In de wc.'

'Daar stinkt het,' zei ze en ze schopte haar schoenen uit, trok de broek onder haar rok aan, knoopte haar rok los en stapte eruit. We klapten in onze handen, floten bewonderend, riepen bis, maar eigenlijk gluurden we stiekem naar Duchêne. Met haar wist je nooit. Misschien zou ze zeggen: Cil, laat me die fameuze broek van je bewonderen. Hadden de matrones in Rome maar zo'n broek gehad! En ze zou er een citaat over de onpraktische klederdracht van de Romeinse vrouw tegenaan gooien. Maar ze kon hen net zo goed met strenge stem aan hun afspraak herinneren: 'Meisjes, ik had gezegd, in de trein dragen we ons uniform.' Maar Duchêne zei helemaal niets. Ze schonk koffie uit een thermosfles voor haar man en haar dochter.

'Cil, mag ik die broek eens passen?' vroeg een van de internen.

'De pijpen zijn te lang voor je.'

'Ik kan ze toch oprollen. Toe, Cil.'

Cil trok haar rok aan, knoopte de broek los en liet hem op haar enkels zakken.

'Zie me hier staan,' zei ze, maar Duchêne zag haar niet. Of deed alsof. Bijna allemaal pasten we Cils broek. Voor de een was hij te smal, voor de ander te kort, voor een derde te breed. Alleen mij zat hij als gegoten.

'Ja,' zei Renée, die ons aandachtig opnam, 'jullie hebben dezelfde maat.'

'Wil jij hem passen?' vroeg ik, verrast over mezelf dat ik het woord tot haar richtte. Zij was een externe en de dochter van Duchêne.

'Ik heb zelf een broek in mijn koffer. Mijn moeder heeft er ook een.' Verschrikt sloeg ze haar hand voor de mond.

'Zit hij in haar koffer?'

'Dat weet ik niet.' Ze kleurde hevig.

'Heeft je moeder jou helpen pakken?' vroeg Ella.

'Ja. Heeft niemand jullie geholpen?'

Ella keek spottend van Cil naar mij. Ze richtte zich tot de andere internen. 'Renée wil weten of iemand ons heeft helpen pakken.' Iedereen lachte.

'Ik dacht...' stamelde Renée. 'Er zijn toch mensen die voor jullie zorgen op school.'

'Zijn er mensen die voor ons zorgen op school?' vroeg Ella.

'Zuster Ursula zorgt toch voor jullie?'

'Nee, nee,' zei Ella, 'wij zorgen voor Ursula.'

Iedereen lachte.

63

'Ella plaagt maar een beetje,' zei Cil. 'Waarom laat je ons jouw lange broek niet zien?'

'Hij zit onder in mijn koffer.'

'Toe, Renée, als beloning omdat we zelf onze koffer hebben gepakt.'

Maar Renée bleef haar hoofd schudden. Haar koffer lag in het bagagerek boven het hoofd van haar ouders. Ze wilde hem daar niet wegslepen.

'We zien je broek wel in Trier,' zei ik.

'Dan moet je die van mij passen,' zei Cil en bukte zich om Renées schoenveters los te knopen.

Duchêne zei niet: Meisjes, een beetje stiller gaat ook, dit is een trein, geen speeltuin.

Duchêne zei niet: Meisjes, in Luxemburg moeten we overstappen. Zoek jullie spullen bij elkaar.

Duchêne zei niet: Meisjes, willen jullie niet een boterhammetje eten?

Duchêne had haar oren en ogen gesloten. Haar dochter was in Cils broek op de bank gekropen. Ella floot bewonderend: 'Je hebt er het figuur voor,' zei ze. Meneer Duchêne liet zijn krant zakken en nam met zijn hondeogen zijn dochter monsterend op. Toen las hij verder. Ik kon me niet voorstellen dat meneer Duchêne iets dacht of voelde. Eigenlijk kon ik me van geen enkele man voorstellen dat hij iets dacht of voelde. Het waren buitenaardse wezens. Het volstond dat Ella me met haar elleboog aanstootte en naar meneer Duchêne wees of we proestten het uit. Toch was er niets lachwekkends aan meneer Duchêne. Hij zag er normaler uit dan de meeste mensen.

Het schemerde toen de trein tergend langzaam Colonia Augusta Treverorum binnenreed. We drukten ons gezicht tegen het glas, zagen de kapotgeschoten gebouwen langs de spoorweg. Gordijnen waaiden uit ramen zonder glas naar buiten. Kinderen zaten met bungelende benen op wankele muurtjes, wuifden niet. Met een schok stond de trein stil en smeet ons tegen de houten banken.

'We zijn in Trier!' juichte Ella.

De deuren van ons rijtuig klapten open en meneer Duchêne stond met een grote stap op het perron. Hij stak zijn hand naar zijn vrouw uit. Ze droegen allebei fijne leren handschoenen: die van meneer Duchêne waren zwart en die van mevrouw Duchêne bruin.

De externen kozen een bed uit in de ene helft van de barak en de internen in de andere. De twee zones waren van elkaar gescheiden door een peertje dat zwak licht verspreidde.

'Wat gebeurt er als we vannacht naar het toilet moeten?' vroeg Renée.

'Niets,' zei Ella. 'Dan blijf je in je bed liggen en je wacht tot het licht wordt.'

'Ik vind de wc vies.'

'Erg vies.'

'Ze zouden er minstens twee moeten hebben: een voor hen en een voor ons.'

We sliepen in een barak die door de Amerikanen voor hun archeologen was opgetrokken. Er waren niet genoeg pensions in Trier. Duchêne had kunnen kiezen tussen een van de barakken bij het Landesmuseum of een klooster. 'Ik weet wat Zuster Directrice zou hebben gekozen,' had ze gezegd, 'dus heb ik het stilgehouden.'

'En waar slaapt u?'

'Meneer Duchêne en ik logeren in een pension in de buurt. Een barak leek mij niet geschikt voor een tweede huwelijksreis.' Ze had geglimlacht.

'Wist jouw moeder hoe jong die Amerikaanse archeologen waren?'

'Ja.'

'Jij wist het dus ook?'

'Ja.'

'Praat jij veel met je moeder?' vroeg ik.

'Luce, wat een vraag!' zei Ella.

'Ik bedoel: vertelt ze je veel? Over de school, over ons?'

'Luce wil nu horen dat jouw moeder dag en nacht over ons praat.'

'Mijn moeder heeft het niet aan mij verteld,' zei Renée. 'Ze heeft er aan tafel met mijn vader over gepraat. Ik zat erbij.'

Nooit eerder hadden we Renée een vraag over haar moeder gesteld, hadden we erkend dat zij Duchênes dochter was.

'In vierenveertig woonde er een Amerikaan bij ons thuis,' zei Cil.

'In vierenveertig woonden er bij iedereen Amerikanen thuis. Of Canadezen.'

'Om hoe laat gaan jullie op school slapen?' vroeg Renée.

'Om halftien. En jij?'

'Ik? Dat hangt ervan af. Maar nooit voor half-elf.'

'Om hoe laat sta je op?'

'Om halfacht.'

'Dan zitten wij te ontbijten.'

'Zou je liever externe zijn?'

'Nee, hoor.'

'En om hoe laat staat je moeder op?' vroeg ik.

'Ook om halfacht. Bij ons thuis staat iedereen om halfacht op. Dan loopt de wekker af.'

Er klonk gestommel bij de externen. Iemand stootte zich, riep 'au', fluisterde: Waar is het licht?

'Wat gaan jullie doen?'

'Wij moeten naar de wc.'

'Doe het op de tast,' zei Ella, 'wij willen slapen.'

De scharnieren van de deur piepten. Iemand fluisterde dat ze ook moest. 'Ga je mee?' vroeg ze aan wie in het bed naast het hare lag. 'Ik heb dorst,' fluisterde iemand anders. 'Zou de barak waar we gegeten hebben open zijn?'

Ella zuchtte.

'Mogen jullie 's nachts niet opstaan?' vroeg Renée.

'In principe niet.'

De scharnieren piepten opnieuw. 'Wacht,' fluisterde iemand, 'ik ga mee.' Een bed kraakte, iemand giechelde. Ik weet niet hoe laat het was toen Ella eindelijk haar geduld verloor. Ze wierp de dekens van zich af, stapte uit bed, knipte het licht

67

aan en klapte in haar handen.

'Stilte!' riep ze. 'Ik tel tot drie en dan komt niemand nog haar bed uit en gaat het licht niet meer aan.'

Ze stond in haar lange witte nachthemd onder het peertje dat van het plafond bungelde, en wierp een grote schaduw op de muur achter haar.

'Maar ik moet nog eens naar de wc, zuster Ursula!'

'Dan wacht je tot morgen. Ik wil geen woord meer horen.'

Ze knipte het licht uit en stapte in bed. Niemand verroerde zich.

Een van de archeologen kwam ons wekken. Het was over negenen en onze lerares, zei hij, wachtte op ons. Het ontbijt stond klaar.

'Waar kunnen we ons wassen?' vroeg ik.

Zij wasten zich in de keuken, zei hij.

'Ik was me vandaag niet,' zei Ella en stapte uit bed.

'Ik ook niet.'

'Ik ook niet.'

'Wek de kleintjes,' zei Ella met een blik op de externen. 'Opstaan!' schreeuwde ze. 'Als jullie niet opstaan, gieten we water over je uit!'

'Ik kan als je wil een emmer water brengen,' zei de archeoloog, die Bill heette.

'Doe dat,' zei ze.

Na het ontbijt hoorden we van Renée waarom er afgelopen nacht zoveel geloop was geweest.

De Amerikanen hadden sigaretten. Degenen die het hadden ontdekt, waren de anderen uit hun bed gaan halen. Ze hadden met de archeologen zitten roken.

'In hun nachthemd?'

'Met hun jas erover.'

'Ga je het aan je moeder vertellen?'

'Ben je gek? Ze heeft ons trouwens niet verboden om met hen te praten. Het is goed voor ons Engels.'

'Er zijn dingen die je doet en er zijn dingen die je niet doet,' zei Ella. 'Ze hadden ons kunnen tippen.'

Vreemd hoe we ook in Trier externen en internen bleven. Alleen Renée leek naar ons kamp overgestapt. Of juister: ze bemiddelde tussen de twee.

'Rook jij?' vroeg ik aan Ella.

'Het gaat om het principe,' zei ze.

Bij het ontbijt had Duchêne vriendelijk geïnformeerd of we een goede nachtrust hadden genoten.

'Ja mevrouw.' Uit één mond.

Waren de bedden comfortabel?

'Ja mevrouw.'

Hadden we genoeg dekens?

'Ja mevrouw. En hebt u goed geslapen?'

'Ik wel, maar meneer Duchêne niet. Hij doet het vandaag rustig aan en blijft in het pension. Waar beginnen wij? Met de Basilica?'

Renée, Ella, Cil en ik liepen bij Duchêne en

vroegen honderd uit over elke zuil, elke boog, elke steen. De anderen leken te slaapwandelen.

'Wat doen we vanavond, mevrouw?'

'Vanavond zijn jullie vrij.'

'Ik denk dat de externen met de archeologen hebben afgesproken,' fluisterde Renée.

'Jij ook?'

'Nee.'

'Wat doen wij, Ella?'

'Dat zien we wel.'

Om halftien lagen we in onze veldbedjes.

'Ik had nooit gedacht,' zei Ella, 'dat er op de wereld slaapzalen bestonden die killer en kaler waren dan de slaapzaal op school. Morgen gaan wij ook uit.'

'Morgen gaan we met mijn ouders naar een concert,' zei Renée.

'Overmorgen dan. Wanneer zou Conny haar lange broek aantrekken, denk je?'

'Noemen jullie mijn moeder Conny?'

'Soms. Trek jij morgen jouw broek aan?'

'Als Cil hem aantrekt.'

'Cil trekt hem aan.'

'Wat doen de twee overige Amerikanen?'

'Overige?'

'Er zijn acht Amerikanen, en zes externen, want jij blijft hier.'

'Zal ik het hun vragen?'

'Nee, ze hoeven niet te denken dat het mij interesseert.'

'Vanavond gaan ze naar een kroeg waar jazzmuziek wordt gespeeld,' zei Renée. Het was de voorlaatste avond en we waren in de keuken aardappelen aan het schillen. Het was onze beurt om te koken.

'Dan gaan wij dansen,' zei Ella. 'Renée, vraag aan Bill of aan Scott waar je in Trier kunt dansen en hoeveel entree je moet betalen.'

'Heb jij nog geld?' vroeg ik.

Ze knikte. 'Ik kan je wel iets lenen.'

'Kun jij dansen,' vroeg ik.

'Iedereen kan dansen.' Met een plons liet ze een aardappel in de emmer vallen en taxeerde kritisch het aardappeltje in mijn hand.

'Jezus, Luce, zoals jij aardappelen schilt... Waarom gooi je ze niet meteen in de vuilnisbak?' Ze schaterde het uit.

'Ja, zuster Ursula,' zei ik en lachte even hard.

Maar Ella's gezicht betrok. 'Begin jij ook al? Ik vind dat niet grappig. Schil de aardappelen zoals je wilt. Als we niets overhouden, trekken we een paar blikken van de Amerikanen open.'

Ik dacht dat ze boos de keuken zou uitlopen maar op dat moment kwam Renée hijgend binnen. Ze glom van plezier. 'Ze gaan mee,' fluisterde ze. Ze nam een aardappel uit de teil.

'Wie?'

'Jack en Scott.'

'Gaan ze dan niet naar de jazzkroeg?'

'Ze willen gaan dansen.'

'Met ons?'

'Met ons.'

Ella kuste haar vingertoppen, klapte in haar handen, maakte een pirouette. 'Jack en Scott, zei je? Zijn ze de anderen dan beu?'

'Dat weet ik niet, maar er zijn twee Amerikanen over. Ella, heb jij dansschoenen?'

'Nee. Jij wel?'

Renée schudde haar hoofd.

'Dat geeft niet. Kom.' Ze maakte een diepe buiging. 'Mag ik deze dans van u?' en sloeg een arm om Renées middel.

'Ssst,' zei Renée, 'niet zo enthousiast, ze komen zo.'

'Maar ik ben enthousiast. Ik ben in extase!'

'Daarom hoef je het nog niet te laten merken. Welke groenten heb je gekocht?'

'Kool, groene kool. Er was niet anders.'

Renée barstte in lachen uit. 'Je weet wat er gebeurt als je kool hebt gegeten? Je laat winden, net als Ursula!'

'Zwijg over Ursula,' gilde Ella. 'Ik ben Ursula niet, ik ben zelfs niet een beetje Ursula.' Maar dit keer lachte ze en danste door de keuken en klapte in haar handen van plezier. Cil kwam binnen en Ella vertelde haar meteen het goede nieuws. 'Jack en Scott?' 'Ja, Jack en Scott, Scott en Jack!' Ze begon te zingen. 'Je t'ai rencontré simplement, et tu n'as rien fait pour chercher à me plaire. Je t'aime pourtant d'un amour ardent, dont rien ne saura m'en défaire.'

'Ga jij mee?' vroeg Cil aan mij.

'Ja,' zei ik terwijl ik de laatste aardappel uit de teil begon te schillen.

We waren nog niet tot aan de Porta Nigra gewandeld of Jack legde een arm om Renée en Scott een arm om Ella, dus dansten Cil en ik met elkaar in het rokerige en lawaaierige zaaltje. Toen we na middernacht thuiskwamen, was de helft van de bedden in onze barak nog leeg. Cil en ik gingen slapen, maar Ella en Renée wilden eerst nog met hun jongens een sigaretje roken.

De volgende morgen om twintig over tien kreeg Renée van haar moeder een klinkende oorveeg en koos Ella openlijk partij voor haar. Het was opgehouden met miezeren, de zon scheen en meneer Duchêne had voor het lang beloofde tochtje op de Moezel een korte broek aangetrokken. Duchêne zelf was eindelijk in lange broek aan het ontbijt verschenen en had geen woord over de slaapoogjes van haar leerlingen gezegd. Iedere morgen werden de wallen onder onze ogen dieper en zag zij er beter uitgerust uit. Meneer Duchêne had altijd een boek bij zich. Als zijn vrouw hem iets wilde vragen, moest ze hem uit zijn lectuur halen.

We slenterden naar de aanlegsteiger bij de ene herstelde brug over de Moezel en wachtten op onze boten. De zon scheen, maar Renée stond in haar jas weggedoken te rillen van vermoeidheid. Ik wist niet om hoe laat zij en Ella waren komen slapen, maar ook ik voelde me vuil en moe. Renée nam het pakje kauwgom uit haar jaszak dat ze gisteren van Jack had gekregen, haalde er een stuk uit en stak het in haar mond. Ze kauwde met haar mond open, je kon haar tanden zien, en haar tong en de holte eronder. 'Spuw dat uit,' zei Duchêne plotseling hard. Het was het eerste bevel dat ze gaf sinds we vertrokken waren, het klonk als een geweerschot. Renée bleef kauwen. 'Spuw die kauwgom uit, Renée,' maar Renée kauwde verder. Had ze haar moeder niet gehoord? 'Spuw het uit!' zei Duchêne boos. Renée keek op alsof de woorden van haar moeder nu pas tot haar begonnen door te dringen. Ze bleef kauwen. 'Renée,' siste ik, maar het was te laat. Duchênes hand schoot uit. Ze droeg haar fijne bruine leren handschoenen, de klap knalde als een zweepslag. 'Je kunt nog meer krijgen als je niet doet wat ik vraag!' Geschrokken legde Renée haar hand op haar vuurrode wang. Tranen sprongen in haar ogen en ze keek angstig naar haar moeder, maar Duchêne was begonnen te onderhandelen met de eigenaar van de boot. Meneer Duchêne wierp zijn dochter een boze blik toe. Lastpost, zag je hem denken. Altijd hetzelfde met die snertkinderen! Ella keek woedend naar het echtpaar en sloeg troostend haar arm om haar nieuwe vriendin. 'Trek het je niet aan, ik weet dat je stond te dromen, spuw die kauwgom nu gewoon uit, hier in mijn hand, laat zien je kaak.' Ze sprak luid opdat Duchêne haar zou horen. Niemand anders zei een woord. De Moezel is een brede lage rivier, uiterst geschikt om over weg te kijken.

Meneer en mevrouw Duchêne stapten samen met de externen in de ene boot; Renée en de zeven internen stapten in de andere. Het was gebeurd voor ik het besefte: Duchêne zat in een andere boot dan wij! We zagen hoe ze gebouwen aanwees en uitleg verschafte, maar vingen geen woord op, dus verstrekte Ella tekst en uitleg. 'Kauwgom is zeer schadelijk voor de architectuur van een stad. U hebt ongetwijfeld de bouwvallige toestand opgemerkt van het Trierse patrimonium waarbij merkwaardig genoeg de gebouwen uit de Romeinse periode het best overeind zijn gebleven. Ik stel u de vraag, maar u kent het antwoord: Hadden de Romeinen kauwgom? Nee. Hetgeen moest worden bewezen.' Eerst durfden we niet te lachen, maar toen begon het, een giechelen, gibberen, gniffelen dat uit ons opwelde en borrelde en schokte, zodat we zelf begonnen te schokken en te schudden, en ook onze boot rolde heen en weer op de golven van onze lach. 'Vorsicht,' zei de stuurman. We schaterden het uit.

Maar toen ik later op de dag Renée en Ella hoorde gillen: Spuw het uit! Spuw het uit!, wilde ik dat ze erover ophielden want voor Duchêne was het incident gesloten. Na de boottocht had ze haar handschoen uitgetrokken en met de rug van haar vingers over de wang van haar dochter gestreken. 'Nog pijn?' had ze lief gevraagd zodat je wist dat als wij er niet bij waren geweest ze de wang van haar dochter voorzichtig zou hebben gezoend. En ze had de uitleg die ze aan de anderen had gegeven kort voor onze boot samengevat. Maar Renée en Ella bleven klitten. Ze fezelden, lachten, gilden.

'Zou Duchêne alles weten?' vroeg ik aan Cil.

'Misschien.'

Maar dan had ze iedereen een klap moeten geven, en misschien had ze dat ook met plezier gedaan maar kon ze zich alleen tegenover haar eigen dochter laten gaan. Toch had ze moeten weten wat er zou gebeuren wanneer ze ons zonder toezicht bij jonge Amerikanen achterliet. Eén avond waren we samen naar een concert geweest, de andere vier had ze ons aan ons lot overgelaten. Maar we hadden zelf bedacht dat het voor haar en haar man een tweede huwelijksreis moest worden. In nuptiarum memoriam. Misschien had ze precies voorzien wat er zou gebeuren, was het haar afscheidscadeautje aan ons. Da mi basia mille, deinde centum, dein mille altera. Geen uniform en geen surveillanten, had ze gezegd. Geen Ursula. Maar misschien lag het anders voor haar eigen vlees en bloed. Of misschien had ze werkelijk een hekel aan kauwgom.

Scott, vertelde Ella, nam zijn kauwgom zelfs niet uit zijn mond om te zoenen.

'Jack ook niet,' zei Renée.

Cil en ik luisterden met grote ogen naar hun getater en geproest. We zaten op onze bedden in de barak, de Amerikanen waren de eetzaal aan het versieren voor het afscheidsfeest dat ze ons wilden aanbieden. Er waren die morgen vijf kersver-

se archeologen aangekomen; de stand was nu bijna gelijk: dertien jongens-veertien meisjes.

'Cil,' vroeg ik later toen Ella en Renée hun jongens waren gaan helpen, 'heb jij al eens een jongen gekust?'

'Ja,' zei ze.

'Wie?'

'Vrienden van mijn neven.'

'Vrienden?'

'Ja.'

'Vind je het spijtig dat jij hier niemand hebt gehad?'

'Nee. Ik heb er ook niet mijn best voor gedaan.
En jij?'

'Ik weet het niet. Ik zou alleen iemand willen
zoenen van wie ik hou; iemand van wie ik weet
dat hij van mij houdt en dat hij het meent en dat
het voor altijd is. Ik zou er zeker van moeten zijn
dat ik voor hem belangrijk ben.'

'Op dat moment ben je voor hem belangrijk.'

'Ja, maar daarna?'

Ze lachte. 'Jij bent veel te ernstig, Luce. Je be-
seft toch dat er vanavond voor ieder meisje een
Amerikaan zal zijn?'

'Voor bijna ieder meisje.'

We glimlachten naar elkaar.

9.

Jana Bekkers

Ze moest weg van het huis waar Ivo over zijn werktafel gebogen zat, waar de stoelen rond de tafel stonden, de bloemen in de vaas, haar foto's in een map, het vuile wasgoed in de wasmand; het huis waar Bea Pickhaus midden in de nacht had aangebeld. Het huis was een gevangenis, de meubelen zijn stugge wachters. Maar zij wilde bewegen, lopen in de stad waar een vreemdeling haar zou aanspreken of niet zou aanspreken. Waar ze met rust zou worden gelaten. Waar ze een café kon binnengaan en een kop koffie bestellen.

'Melk en suiker, mevrouw?'

'Alleen melk, dank u.'

Ze ging in de verste hoek bij het raam zitten. Er was nauwelijks verkeer. Zaterdag halfelf. Lag iedereen nog in bed? Moesten er geen boodschappen voor het weekend worden gedaan?

Bea Pickhaus, besefte ze nu, had bij hen willen blijven slapen. Zomaar. Voor de gezelligheid. Om de volgende dag samen uitgebreid te ontbijten. Te brunchen. Om over koetjes en kalfjes te

praten. Om de eerste bouwstenen van een vriendschap te leggen.

Bea Pickhaus besefte niet dat wat zij gezelligheid noemde, voor Jana een nachtmerrie was. Dat
ze niet zou kunnen ademen in het huis als ze wist
dat een vreemdeling in de kamer naast de hare
sliep. Een vreemdeling die sporen zou achterla-
ten, die spullen zou laten slingeren, die handdoeken, stoelen, washandjes, tandenborstels zou ver-
leggen, verzetten. Die hun wc zou gebruiken.

'Weet je hoe laat het is?' had ze tegen het lachende, hijgende meisje gezegd. Ze was zelf geschrokken van de kilte in haar stem.

'Ik had dit voor u meegebracht. Appelen uit
Dieters tuin.'

'Dieter?'

'We waren allemaal samen spaghetti gaan eten.
Dat doen we dikwijls op vrijdag. Het is uitgelo-
pen. Of ik ben blijven hangen. De appels waren
een idee van Dieters moeder. Ze wilde een stuk
ijstaart meegeven, maar dat zou gesmolten zijn.'

'Dieters moeder?'

'We zijn nog bij hem thuis geweest. Sorry.'

'Wie was het?' had Ivo gegeeuwd.

'Niemand. Een zwerver die onderdak zocht. Ik
heb hem een oude deken meegegeven. En een zak
appels.'

'Een zwerver? In deze buurt?'

'Ja, slaap nu maar. Het is laat.'

Maar ze was opnieuw opgestaan en had de appels in de vuilniszak gegooid. Pas toen ze er zeker

van was dat elk spoor van Bea's bezoek was uit-
gewist, was ze tot rust gekomen en in slaap gevallen.

Nu raasde opnieuw een botte radeloze woede
in haar. Ze was razend op Bea-de-opgewekte, Bea-
de-laten-we-allen-vrienden-zijn-en-samen-spaghet-
ti-en-ijstaart-vreten, Bea-de-op-het-ene-ogenblik-
door-gemis-uitgeputte-en-de-op-het-volgende-
energiek-door-de-nacht-fietsende; en ze was razend op Ivo die, toen ze hem vanmorgen de waarheid over de late bel had verteld, nauwelijks had
gereageerd.

'Toch aardig dat ze je appels brengt. En dat de
ijverige leerling een warhoofd blijkt, en de agres-
sieve eigenlijk sociaal is. Het bewijst wat jij altijd
zegt: dat het in de klas tussen leerling en leerkracht niets kan worden, dat een muur hen van
elkaar scheidt.'

Maar ook buiten de klas moest die muur bestaan. Ze wilde niets, niets met hen te maken hebben, met hun ijstaarten niet, met hun appels niet,
met hun ontboezemingen niet.

Ze stak haar hand op, wenkte de ober.

'Nog een kop koffie, graag.'

Ze bestond dus. Obers merkten haar op, maar
Ivo had foto's nodig om haar te zien, en dan nog
zag hij haar niet. Niemand – ook Ivo niet – had
willen erkennen dat ze loenste. Iedereen aan wie
ze over haar ontdekking, die voor haar een revela-
tie was, had verteld, had het met klem ontkend.
Het lag niet aan haar dat telkens een andere leer-

ling antwoordde dan degene naar wie ze keek, het lag aan de leerlingen. Die droomden of zaten met hun gedachten mijlenver.

'Maar kijk, op deze foto zie je het ook, en op deze!'

Maar dan was het het licht, of de invalshoek, of het toeval.

Jullie dromen, dacht Jana, niet de leerlingen.

Hoe harder ze schreeuwde dat ze loenste, met hoe meer klem het werd ontkend.

Ach welnee, Jana, je had die dag een kater. Of je zat naar een mooie jongen te gluren.

Als ze weigerden te zien dat ze loenste, wat zagen ze dan verder allemaal niet? Waar was het begonnen? Waar was zij begonnen? In haar wieg, in verhalen van haar moeder: Jij was een braaf, stil kind. Uren kon jij in een hoekje zitten spelen. Soms vergat ik dat ik je had.

Jana en de grote verdwijntruc. Soms wist ze zelf niet waar ze was. Ze verdween, niet naar een droom- of wonderland. Ze verdween gewoon. Wanneer ze terugkeerde, deed ze met koude onverschillige ogen wat niet mocht: het kwaad. Ze had zelden de schuld gekregen, ze was en bleef een braaf stil kind. En ook Vicky was een braaf stil kind. Haar moeder had alleen brave stille kinderen. Die elkaar achter haar rug de haren uitrukten.

Waar was het begonnen? Met harde stem beval ze haar vriendje: Je moet me slaan want ik ben stout geweest. Je moet me op mijn billen slaan, je moet met je hand in mijn slipje gaan en me op mijn blote billen slaan. Nee, mijn rok omhoog en mijn slipje naar beneden, sla met je hand op mijn blote vlees. – Dat kan ik toch niet doen! – Jawel, dat kan je doen, dat moet je doen. Achteraf hadden ze er nooit over gepraat. Ze was geschrokken van haar stugge bevel, hij van de toewijding waarmee hij het had uitgevoerd.

En waar was dat andere begonnen? Een hand in een theater. Een hand op haar dij. Wat later in haar slipje ook. En zij die bleef zitten, geen kik gaf. Ze was een braaf stil meisje.

Je bent zo lief, zei een man en drukte zich tegen haar aan, ritste zijn gulp open, deed het bij zichzelf. Je bent zo lief, zo zacht. Niemand die merkte dat ze er niet was. Dat ze niet luisterde. Niet keek. Sukkels. Wat ze ook deden, het was niet gebeurd, want ze bestonden niet.

Zou Ivo al hebben gemerkt dat ze het huis uit was?

Ze glimlachte. Zag in gedachten het kwaadaardige mannetje dat uitgelaten zong: En niemand die weet dat ik Repelsteeltje heet. Als ze ooit een kind had, zou ze het Repelsteeltje noemen. Aan niemand zou ze zeggen waarom. Wat dacht die Bea wel met haar appels en haar vriendschap!

Ze keek naar haar weerspiegeling in het caféraam. Wie was ze in 's hemelsnaam als ze niet was wie iedereen dacht dat ze was? Had haar moeder haar misschien op een dag gezien zoals ze was? Had ze het bijvoorbeeld in de klas gezien terwijl ze aan haar les stond te geven?

Ze stak de truffel in haar mond die bij de koffie was geserveerd. De buitenkant was gesmolten waar hij tegen de hete kop had gerust. Haar woede begon weg te ebben, ze ademde rustiger. Nee, Vicky was niet goed en zij kwaad, ze waren allebei een beetje goed en een beetje kwaad. Had Ivo dat al die tijd geweten? En zou ze Vicky bellen en zeggen: Ik ben helemaal niet kwaad. Ik ben niet beter of slechter dan jij. Ik ben anders, maar niet slechter. Maar Vicky had haar nooit kwaad genoemd; Vicky had haar een losbol genoemd, een chaoot, voor wie zij, Vicky, zich verantwoordelijk voelde. Misschien noemde Vicky haar een losbol opdat ze zou kunnen moederen. Bemoederen. Zich verantwoordelijk voelen.

De enige die haar ooit kwaad had genoemd, was zijzelf. Ze glimlachte, rook even aan haar vingertoppen, wenkte opnieuw de ober, die nog altijd haar tweede kop koffie niet had gebracht.

'Excuseer,' zei ze, 'mag ik u iets vragen? Denkt u dat ik loens?'

De ober kuchte. 'Waarom vraagt u dat?'

'Omdat ik vanmorgen in de spiegel die indruk had.'

'Ik denk dat u zich vergist. Kan ik afrekenen? Mijn dienst is afgelopen.'

Ze zou ermee moeten leren leven dat ze nooit zou weten of ze loenste of niet. Ze wist dat op sommige foto's haar ene pupil iets meer naar binnen stond dan de andere. Ze wist dat als ze naar de

84

ene leerling keek, dikwijls de andere antwoordde. Volgens haar betekende dat dat ze lichtjes loenste, maar om de een of andere reden had iedereen besloten dat te ontkennen.

Impliciet zeiden die mensen tegen haar: Hou je mond over je ogen, je neus, je mond, je haar, je trauma's. Doe wat je moet doen en wees verder onzichtbaar. Neuk als je wilt neuken. Pijp als je wilt pijpen. Vinger als je wilt vingeren. Maar kom er niet tegen ons over zeuren.

Maar ze had gisteravond tenminste geneukt. Ze had gezegd: Kom mee naar bed, en hij was mee naar bed gekomen.

De vraag die haar bezighield nu ze niet langer door woede was verlamd, was de volgende: Wat ging er om in het hoofd van Bea en haar klasgenoten? Moest ze dat niet weten als ze hun psychologie gaf? Waarover piekerden deze spaghetti-en-ijstaartvreters? Of juister: Wat zou door hun hoofden spoken als ze dat alles eenmaal achter zich hadden gelaten: school, thuis, broers, zussen, vaders, moeders? Maar je liet het natuurlijk nooit achter.

Thuis zat Ivo over zijn werktafel gebogen. Ze omhelsde hem en zei: 'Had je gemerkt dat ik de deur uit was?' Ze zei: 'Ik heb gisteren een zak lekkere appels weggegooid terwijl de helft van de wereldbevolking honger lijdt.' Ze zei: 'Over twee weken moet ik naar een studiedag waaraan de hele familie deelneemt: mijn moeder, mijn zus en ik.' Ze zei: 'Ik laat je werken, ik ga een beetje op mijn hoofd staan.'

Ze keek naar het bed waar ze gisteravond niet was klaargekomen en overwoog om het zelf te doen. Ze ging op haar buik onder het dekbed liggen, ritste haar broek los, voelde zich te futloos om de een of andere fantasie op te roepen, stond op. Ze snuffelde aan haar vinger waarmee ze zich heel even had aangeraakt, besloot haar handen niet te wassen.

Later die dag deed ze iets wat ze al erg lang niet meer had gedaan: ze draaide het nummer van haar moeder en legde de hoorn niet meteen neer.

'Dag mama. Met Jana.'

'Dag Jana.'

Maar haar moeder wist natuurlijk al van Vicky dat ook Jana naar de studiedag zou gaan.

'Nee, ik ga niet,' zei haar moeder. 'Ik kan daar niets nieuws leren. Maar jij moet gaan. De directie houdt daarvan. Ik kondig altijd aan dat ik ga en schrijf me in en vervolgens meld ik me ziek, of zeg ik dat er met een van jullie iets aan de hand is. Maar dan heb ik mijn goede wil getoond.'

Ze lachten.

'Is zo'n studiedag dan niet interessant?'

'Absoluut niet. Vicky gelooft in dat soort dingen, ik niet. Maar jij moet gaan. En je moet af en toe een opmerking maken. Dan weten ze dat je er was.'

De volgende keer dat ze de hoogste klas binnen-
stapte, zat Dieter met zijn mesje een appel te schillen. Bea zat op haar vaste plaats vooraan.

Een stukje appel, mevrouw? vroeg Dieter.

Graag, zei Jana.

Of ze het schoolkrantje wilde kopen? Er stond
een gedicht in van Bea. Die van Nederlands had
gezegd dat het goed was. Wat vond zij ervan?

Dieter zette een hoge borst op en wilde het
voorlezen.

Wacht, zei Jana, dat moet Bea doen.

Ik durf niet, zei Bea.

Je hebt het wel durven schrijven en publiceren.

Het is erg kort, zei ze.

Vijf woorden, mevrouw, riep Dieter.

Zeg ze dan, Bea.

Hier staan ze, mevrouw, leest u zelf, maar eerst
moet u vijftig frank betalen.

Vijftig frank! Daar heb ik twee echte kranten
voor.

Dit is veel beter dan een echte krant.

Ze betaalde, sloeg het krantje open en las de vijf
woorden.

Het is een erg mooi gedicht, Bea.

Maar ze wil niet zeggen voor wie ze het heeft
geschreven, mevrouw.

Natuurlijk niet. Een echte dichter doet dat
nooit. Zijn er nog meer mensen in de klas die gedichten schrijven?

Niemand antwoordde. Ze begon met de les.

10.

Lucie Wasteels

Da mi basia mille, deinde centum, dein mille altera, dein secunda centum...

Catullus' woorden daverden in mijn hoofd,
marcheerden er als frontsoldaten. Da mi basia
mille, da mi basia mille. Mijn hoofd rustte tegen
Cils schouder, Cils hoofd lag tegen Ella, en Ella's
hoofd lag tegen haar trui waarvan ze een kussen
had gemaakt. Zo reden Duchênes gratiën terug
naar huis, naar school.

Cil, had ik de avond voordien gevraagd en
mijn hoofd was rood geworden als een tomaat,
als een radijs, als een pioen, hoe komt het dat ik
zo'n warm, knus gevoel tussen mijn benen heb?

'Knus?'

'Ja, knus.'

'En je weet niet hoe dat komt?'

'Nee.'

'Luce, toch.'

Nu lag ik tegen haar en zij lag tegen Ella en we
zongen af en toe een liedje. Dat was misschien het
wonderlijkste geschenk dat Duchêne ons op deze

schoolreis had gegeven: dat we uitgeteld tegen elkaar lagen te soezen.

Mijn Amerikaan kende het citaat niet. Wat moet hij zichzelf hebben vervloekt dat hij mij had uitgekozen! We hadden allemaal samen gegeten en gedronken, maar toen Duchêne en haar man naar hun pension terugkeerden, glipten de koppeltjes uit de lichtkring weg. Alleen Cil, ikzelf en mijn Amerikaan bleven aan de met kaarsen verlichte tafel zitten. Cil had haar aanbidder meteen wandelen gestuurd en hem zelfs het meisje aangewezen dat nog vrij was, niet uit kuisheid of terughoudendheid, zei ze achteraf, maar omdat ze mij rustig wilde gadeslaan. Had ik niet gezegd dat ik alleen dan een man zou zoenen als ik van hem hield en hij van mij?

Ik wilde mijn Amerikaan niet wegsturen en ik wilde niet met hem in een hoekje liggen zoenen. Ik wilde met hem praten, hoe moeizaam dat in mijn Engels gebrabbel ook ging. Af en toe probeerde ik het met een Latijns woord, maar dat begreep hij meestal niet.

Ik wilde weten hoe hij het vond om voor de Duitsers te werken of dan toch voor het Duitse kunstpatrimonium. Ik wilde weten of hij de Duitsers vroeger had gehaat en misschien nu nog. Ik wilde weten wie hun verblijf in Trier betaalde, en of hij ooit in België was geweest, en of hij mensen kende die bij de bevrijding waren geweest, en of misschien een broer van hem...

Zuchtend beantwoordde hij mijn vragen, legde een arm om mijn schouder, streelde mijn hand, streelde mijn haar, streelde mijn wang, vroeg waarom ik dit allemaal wilde weten.

Omdat, zei ik, ik nog nooit met iemand heb gepraat, waarop Cil het uitproestte en ik mezelf verbeterde: Omdat ik nog nooit met iemand uit een ander land heb gepraat. Maar eigenlijk bedoelde ik wat ik de eerste keer had gezegd: omdat ik nog nooit met iemand heb gepraat. Zo voelde het. Het was niet alsof alle vragen die altijd in mijn hoofd hadden gezeten eindelijk konden ontsnappen, nee, het was of ik voor het eerst ontdekte dat je iemand een vraag kon stellen. Ik had mijn hele leven alleen maar antwoorden gegeven; ik was nooit degene geweest die de vragen stelde. Maar alles heeft zijn prijs, zo ontdekte ik. De prijs voor vragen was zijn lijf dicht bij het mijne, zijn arm om mijn schouder, zijn adem in mijn gezicht.

Omdat hij uit een ver, vreemd land kwam, nee, omdat hij uit Amerika kwam, en omdat hij Trier uit zijn as hielp herrijzen, dacht ik dat hij alles wist, en hij wist ook veel, en hij was in vele landen geweest, maar ik kon zijn antwoorden niet altijd goed volgen zodat ik me soms afvroeg of we over hetzelfde spraken en of hij mijn vragen begreep, want hij dronk veel en snel, en ik dronk niet. Hij zat nu heel dicht tegen me aan, en fluisterde de antwoorden in mijn oor, en streelde mijn haar en zei dat ik moest zwijgen want dat hij me wilde zoenen. Maar hij wist niet wat *da mi basia mille* betekende. Hij kende de naam Catullus, dat was alles. Cil zat tegenover ons, dronk wijn, glimlachte, liet zich niet in het gesprek betrekken. Ze observeerde, zei ze.

'Wat?' vroeg ik.

'Jou,' zei ze.

Eigenlijk was ik al heel ver met mijn Amerikaan, die Colin heette en was opgegroeid op een boerderij in Oregon en tijdens de oorlog maanden in Firenze had vastgezeten (En wat deed je in Firenze? En was je bang? Heb je bombardementen meegemaakt? Heb je mensen zien sterven?), maar in mijn ogen was er niets gebeurd zolang we niet hadden gezoend. Ik vond het best gezellig zo. Af en toe werden we onderbroken als iemand zijn glas kwam bijvullen. Ik kon de koppeltjes niet zien, maar zij konden mij zien in het licht van de flakkerende kaarsen en ze mochten me zien want wat mij betrof was er niets meer of minder te zien dan twee meisjes die een gesprek voerden met een man. Alleen zweeg het ene meisje. Alleen zat het andere meisje zo dicht bij de man dat ze zijn ademhaling hoorde en voelde; alleen luisterde de man niet echt naar het meisje bij wie hij om een zoen bedelde, en die hij zoende in haar hals, achter haar oor, op het puntje van haar neus.

'Ik ga slapen,' zei Cil.

'Ik ga mee,' zei ik.

'En hij,' vroeg Cil, 'wat ga je met hem doen?'

'Niets.'

Ik wenste hem goedenacht en maakte me los

van zijn lijf, zijn geur, zijn ademhaling, maar hij volgde me en ik dacht dat ik gegiechel hoorde. Ik weet niet wat ik wilde dat er gebeuren zou. Ik wilde samen met Cil naar onze barak, maar ik miste zijn lijf al en toch wilde ik niet dat er meer zou gebeuren dan er al was gebeurd. Dus toen ik zei: Nee, je mag niet mee, is het mogelijk dat ik bedoelde: Ja, kom mee, of op zijn minst: Dring nog maar even aan. Waarmee ik niet wil zeggen dat als een vrouw 'nee' zegt ze 'ja' bedoelt; ik zei 'nee' en bedoelde 'nee' en bedoelde 'ja'. 'Nee' omdat ik nog altijd geloofde dat ik alleen iemand zou zoenen als het echt liefde was, 'ja' omdat ik wilde dat hij bij me bleef. Cil zei achteraf dat ze zich met haar eigen ogen van Duchênes maxime had willen vergewissen, namelijk dat er niets nieuws onder de zon was, nil novi sub sole. Ze wilde erbij zijn als ik de weg van alle vlees zou gaan.

Maar het duurde nog een eeuwigheid voor ik deed wat ik me had voorgenomen alleen te doen wanneer het echt liefde was. Eerst onderwierp ik hem nog aan een kruisverhoor. Wat vond hij van Duchêne? En wat vond hij van onze klas? En was hij al in het Landesmuseum binnengedrongen? Maar hij zoende me in mijn hals en hij zoende me achter mijn oor en hij zoende me op mijn wang, en toen gebeurde waarover ik later Cil met een knalrode kop een vraag zou stellen, en was ik me alleen nog bewust van wat al die jaren veilig tussen mijn benen had gelegen, en nu was ik het die de lippen, de tong van mijn Amerikaanse archeoloog zocht. Niet omdat dit liefde was; niet omdat mijn weerstand was gebroken; niet omdat de hele klas op Cil na ergens in een barak of in het puin van het museum precies hetzelfde deed, maar omdat ik gloeide en wilde blijven gloeien.

We stonden bij de deur van onze barak en zetten de kandelaar neer die we hadden meegenomen. Het maakte me niets meer uit wat er verder zou gebeuren. Hij mocht de deur openen, hij mocht vragen welk bed het mijne was, maar hij zou me wel naar binnen moeten dragen want ik kon niet langer op mijn benen staan. Als een lappenpop hing ik in zijn armen, glimlachte beaat.

'Wat is er?'

'Niets.' Ik zag hoe bezorgd hij keek, lachte hoog en schril, wilde dat hij opnieuw zou aandringen, fluisteren, strelen, maar hij zei dat ik misschien beter kon gaan slapen. Voelde ik me wel lekker?

Ik had me nooit beter gevoeld.

Ik zakte door mijn benen.

'Kom,' zei hij en trok me overeind, 'bedtijd.'

Kon ik op mijn benen staan?

Ik knikte dwaas, verdwaasd. Hij liet me los, gaf me klapjes op mijn wangen alsof ik in zwijm was gevallen. Alles in orde?

Ik knikte, sloeg mijn armen om zijn hals, wilde zeggen dat hij degene was die had gedronken, niet ik, maar hij was alleen nog om mijn nachtrust bekommerd.

'Dank je. Je bent erg lief.' En hij haastte zich naar zijn barak.

Als een dronkelap leunde ik tegen de deurstijl, gloeide en bleef gloeien, glimlachte naar het donkere museum, naar de beelden die er ooit moesten hebben gestaan, de bezoekers die er van zaal naar zaal moesten zijn geschuifeld. De kaarsen in de kandelaar flakkerden. Nu hoorde ik zachtjes kloppen op de deur achter me. Schipper, schipper, fluisterde ik, mag ik overvaren? Opnieuw hoorde ik het geklop.

'Luce, alles in orde?'

Het was Cil.

'Ben je alleen?' vroeg ze.

Nee, dacht ik, ik ben met z'n tweeën, mezelf en een ander die tussen mijn benen een vuurtje stookt.

De trein sputterde en schokte en stond ten slotte stil. Fijne motregen viel op de vuile ruiten, koeien richtten hun zware kop op en staarden naar de gestrande trein. Ik wilde uitstappen en een eind lopen in de regen weg van de versufte schoolmeisjes; ik wilde tegen Cil blijven liggen en alles wat gisteren was gebeurd opnieuw laten gebeuren; ik wilde bij Duchêne gaan zitten en haar vragen of ze over de schoolreis tevreden was; ik wilde opnieuw gloeien, ik wilde thuis op mijn kamer zitten puzzelen, ik wilde op school zijn en in mijn dagboek schrijven, ik wilde in de trein zitten, ik wilde tegen de deur van onze barak in Trier leunen, ik wilde gezoend worden, ik wilde een bad nemen.

Cil had gezegd: Weet je echt niet, Luce, hoe het komt dat je zo gloeit? En ze had me namen en woorden gegeven. Als een peuter moest ik elk lichaamsdeel benoemen, en kende ik een naam niet, dan zei zij hem voor, en zat het ergens onder kleren, dan maakte zij het vrij, en toen we het in de kille barak koud kregen, zetten we de les onder de zware deken van mijn bed voort, en toen alles alles zijn naam had gekregen en we niets meer aan hadden en ik ook elk lichaamsdeel van haar had benoemd, ging ze op me liggen.

'Wat als er iemand binnenkomt?

'Er zal niemand binnenkomen,' zei ze. Ze trok met de ene hand haar schaamlippen open en met de andere de mijne en zei: Je moet je ogen sluiten en alleen voelen. Luisteren. Ze praten met elkaar, hoor je? Maar ik zei: Nee, ze gloeien. En zij zei: Ze praten, en ik zei: Ze gloeien, en we lachten en ik vond haar het mooiste en liefste wezen dat ik kende, en ik zei dat we nu eindelijk gratiën waren, de gezellinnen van Venus, en ik zei dat ik bang was dat er iemand zou binnenkomen.

'Ze kunnen toch niets zien.' Maar ze stapte uit mijn bed, trok haar nachthemd aan, gooide mij het mijne toe.

'Cil, ik ben gelukkig.'

Ze glimlachte.

'Ik gloei nog altijd.'

'Goed,' zei ze en ging naar haar bed.

Nog voor we uit de trein waren gestapt, werden we opnieuw externen en internen, want hun ouders, broers en zussen stonden op het perron terwijl wij de gezichten zochten van surveillanten en leerkrachten.

'Moeder-overste!' riep ik.

'En Zuster Directrice!'

Maar ik begreep niet wat Moeder-overste en Zuster Directrice op het perron kwamen doen. We tikten op de raampjes, wuifden, lachten, maar zij glimlachten zelfs niet. Duchêne keek bezorgd naar buiten, trok haar fijne leren handschoenen aan en streek haar jasje glad. Enkele vaders stapten in en begonnen de koffers uit de trein te dragen. Op het perron was het stil. Te stil.

Duchêne stapte uit en groette Moeder-overste.

'Waar is Zuster Ursula?' vroeg ze.

'Morgen,' zei Moeder-overste, 'jullie moeten eerst rusten.'

'Waar is ze?'

Maar Moeder-overste vouwde haar handen en schudde zachtjes haar hoofd.

II.

Jana Bekkers

Jana dacht aan de vrouw die van achteren wordt
genomen, haar wijde rok over haar hoofd geslagen als een cape om haar bovenlijf. Ze is billen,
dijen, heupen, een gat; ze is een teef die wacht op
haar reu. Jana dacht aan de vriend van Ivo die jammerend om vergiffenis smeekte terwijl hij deed
wat hij deed. Ze dacht aan de hand van de man in
het duistere theater op haar jonge dij. Onder haar
rok. In haar slip. Ze dacht aan de louche voorstellen die haar waren gedaan in de tijd dat ze met
enquêtes leurde, probeerde te laten gebeuren wat
had kunnen gebeuren als ze minder kuis was geweest. Ze dacht aan de dikke witte kont van de
vrouw met de rok als een cape over haar hoofd, ze
dacht aan de lul van de man die haar besprong, ze
dacht aan het hete gekerm onder de rok over het
hoofd, ze dacht aan de hand op haar dij, maar hoe
ze haar fantasie ook pijnigde, ze kwam niet klaar.
   Ze dacht opnieuw aan de man in het theater,
organiseerde een vluchtige ontmoeting in de toi-
letten, dacht aan de vrouw op handen en voeten

met haar rok als een cape over haar hoofd, werd die vrouw die ze nooit had gezien, nooit had ontmoet, nooit had gedroomd maar over wie ze had gelezen. Een hond, werd ze genoemd, ze werd genomen als een hond. Nu hurkte ze zelf voor die dikke naakte kont, nee, ze stond naast een bed, naakt op een halsband na. Ze werd aan de leiband gehouden door een man die haar toesnauwde: 'Blaf! Je bent een hond, dus moet je blaffen!'

Volgens Freud, had ze in de les gezegd, masturberen meisjes minder dan jongens of soms zelfs helemaal niet, omdat ze niet met hun gemis willen worden geconfronteerd. Niemand vroeg: Welk gemis? Dus zei zij het: Het gemis van de penis. De onthouding – het niet masturberen – is eigenlijk een uiting van zelfhaat: de vrouw heeft een hekel aan haar gecastreerde lichaam, wenst het te vernietigen. Ze heeft een gering besef van haar eigenwaarde, gooit zich bij voorkeur te grabbel, geeft zich over aan masochistische fantasieën.

Geen reactie. Had ze hen uit hun tent moeten lokken met vragen als: Geloven jullie hem? Herken je wat hij zegt?

Opdracht: Ga na of Freud gelijk zou kunnen hebben. Baseer je op eigen ervaringen of die van vriendinnen.

Maar ze had hun een opdracht gegeven en niemand had hem uitgevoerd op Bea Pickhaus na. Ze had een lectuurlijst op het bord geprikt en gevraagd om aan te geven wie welk boek wenste te lezen en beknopt aan de klas voor te stellen. Twee weken later stond er nog altijd maar één naam op de lijst: Bea Pickhaus.

'Je moet die opdrachten gewoon uitdelen,' had Vicky gezegd. 'Je vertelt kort waarover een bepaald boek gaat, je vraagt wie in het onderwerp is geïnteresseerd, en als niemand zijn hand opsteekt, wijs je zelf iemand aan.'

Ze had Vicky's raad opgevolgd en nu stond achter elke titel een naam, maar op Bea na had nog niemand een letter gelezen. Bea zei dat haar klasgenoten die boeken niet zagen zitten. Ze waren met andere dingen bezig, zochten nog uit wat ze wilden doen.

'Is het iets van jullie generatie?' vroeg Jana.

Bea haalde haar schouders op.

'Waarom komt u volgende week niet mee naar Londen? We logeren bij een vriend van Dieter.'

'De hele klas?'

Bea knikte.

'En wat gaan jullie in Londen doen?'

'Dat zoeken we daar wel uit.'

'Jullie zoeken veel uit,' zei Jana. 'Ik kan niet mee, ik moet woensdag naar een pedagogische studiedag.'

'Maar vrijdag komt u toch met ons spaghetti eten?'

Jana zag het vriendelijke open gezicht, herinnerde zich de appels die ze in de vuilnisbak had gegooid, en zei ja.

In de leraarskamer trof ze dezelfde twee vrouwen als op haar eerste, rampzalige schooldag.

'Bevalt het u een beetje bij ons?' vroeg de ene. 'We zien u zo weinig behalve die keer toen we geen woord tegen u hebben gezegd.'

'En u bent weggelopen.'

'Maar ze is teruggekomen, Ella. Mevrouw Bekkers heeft zich zelfs ingeschreven voor de pedagogische studiedag.'

'Jana. Zegt u alsjeblieft Jana.'

'En ik ben Cecilia Dhaeyers. Iedereen noemt mij Cil, en dit is Ella. Ella Crommen. Wij zijn de antieke monumenten van de school. Zaten samen op dezelfde kostschool als leerling, en zitten nu samen op dezelfde school als lerares. Heb jij Latijn gestudeerd?'

'Nee, maar mijn grootmoeder was lerares Latijn. Timeo Danaos et dona ferentes. Nil novum sub sole...'

'Novi. Nil novi. Een genitief,' zei Ella.

'Ik voelde me een beetje schuldig,' zei Cil.

'Schuldig?'

'Omdat je toen bent weggelopen. We zaten maar als viswijven met elkaar te kwebbelen in plaats van je welkom te heten. Wat moet je van ons hebben gedacht?'

Jana opende haar mond om iets hoffelijks te antwoorden, maar de woorden stokten haar in de keel.

'Zie je wel.'

'Cil, ik zie je bij Luce. Het is tijd, ik ga.'

'Ella is ziek geweest,' fluisterde Cil. 'Ze heeft nog bijna geen les gegeven dit jaar. Normaal zou ze na de herfstvakantie opnieuw beginnen, maar dat zie ik nog niet gebeuren. Woensdag geven we samen met Luce een presentatieles op de studiedag.' Ze zuchtte. 'Heb jij je al ingeschreven voor een bepaalde werkgroep?'

'Nee,' zei Jana, 'dat moet ik nog uitzoeken.' Glimlachend verliet ze het schoolgebouw en stapte in haar auto. Haar postvakje! Ze was naar de leraarskamer gegaan om te kijken of er een brief over de studiedag in haar postvakje lag. Haar oog viel op Ivo's foto op het dashboard en haar gezicht betrok. Ze was plotseling bang dat ze er een sticker overheen zou willen plakken. Een wit ovaal stickertje dat zijn gezicht zou bedekken. Wat zou er vandaag voor hem bij de post zitten? Een bril, dacht ze, misschien heeft hij zich op eigen initiatief een bril aangeschaft om eindelijk te ontdekken met wie hij is getrouwd. Maar er was alleen een pakje van een van zijn prentbriefkaartcorrespondenten, en een brief voor haar van het produktiehuis. Ze werd uitgenodigd om aan een auditie deel te nemen! Kon ze volgende week vrijdag om tien uur in de studio zijn? Ja dat kon ze. Dat kon ze zeker!

'Heb ik niet altijd gezegd dat je fotogeniek was?' zei Ivo toen ze hem de uitnodiging toonde.

'Maar ik kijk scheel.'

'Jij kijkt helemaal niet scheel. Laat zien.'

'Ik kijk niet met mijn borsten, Ivo.'
Hij lachte.

Woensdag zag Jana haar collega's pas op de ple-
naire vergadering ter afronding van de studiedag.
Zij en Vicky waren te laat gekomen omdat Vicky
haar eerst nog naar een badkamercentrale had
meegesleept.

'Hoe was de presentatieles?' vroeg ze.

'Goed,' zei Cil. 'Heel goed, maar Ella was er
niet bij.' Ze fluisterde. 'Haar man heeft ons pas
vanmorgen verwittigd. Het is geen goed teken als
ze niet zelf belt. Ga je straks mee eten?'

'Ik moet zien wat mijn zus doet. We zijn hier
met haar auto.'

'Ik kan je naar huis brengen. En je zus is ook
welkom. Zit ze hier ergens?'

'Vooraan,' zei Jana. 'Ze houdt een plaats voor
me vrij.'

'Zijn jullie zo close?'

'Ik weet het niet. Soms wel, soms niet. Eigenlijk kibbelen we veel. Ze wil een badkamer kopen
die ik niet mooi vind. Daarom waren we te laat.'

'Heb je haar zien staren?' vroeg Cil na afloop van
het etentje.

'Wie?'

'Luce. En wel tien keer vragen of je het naar je
zin had bij ons, en waarom je zus niet naar het
restaurant was meegekomen. Je lijkt op haar,
weet je.'

'Op Vicky?'

'Nee, of misschien wel, ik heb er niet op gelet. Ik bedoel op je grootmoeder. Daarom zat Luce zo te gapen. Ze hoopte op een mirakel, denk ik.'

'Een mirakel?'

'Dat jij plotseling in je grootmoeder zou veranderen.'

'Mijn grootmoeder?'

'Ja, Constance Duchêne.'

'Hebt u mijn grootmoeder gekend?'

'Wij hebben haar allemaal gekend. Ella, Luce, ik. Ze was onze lerares. En je mama hebben we ook gekend. We zaten in dezelfde klas, maar wij waren internen. En nu werken we op dezelfde school. Blijkbaar kunnen we elkaar niet loslaten. Toen ik Luce naar je zag staren alsof ze je wilde opeten, dacht ik dat ik het je maar beter kon vertellen. Ik ben dat geheimzinnige gedoe zat. Daarvan hebben we op kostschool ons deel gehad. Ella durfde om de nonnen te lachen, maar nu zit ze twee keer in de week bij een psychiater.'

'Wat is er met Ella?'

'Ik weet het niet. Ze piekert over vroeger. Over dingen waar geen mens nog iets aan kan veranderen. Jij niet en ik niet. Maar Luce heeft het ook te pakken. Daarom wou ze jou bij ons op school.'

'Mij?'

'Luce kon aan de verleiding niet weerstaan. Zij is de puzzelaar van ons drieën. Ze zei dat jij het ontbrekende stuk van de puzzel was. Toen ze je in dat malle programma zag, besefte ze meteen wie je was. Ze wist dat je moeder met een Bekkers was getrouwd en twee dochters had. Het klopte allemaal wat je over je lesgevende familie vertelde. En je lijkt op je grootmoeder. En toen hebben Ella en ik je bijna weggejaagd. Ze was razend.'

'Waarom heeft ze het me niet verteld?'

'Ze wilde je tijd geven om in te burgeren.'

'En daarna? Wat verwachten jullie van mij?'

'Niets, liefje, wij verwachten helemaal niets van jou. Jij moet je lessen geven, dat is alles, want het ontbrekende stuk van de puzzel ben je niet. Er bestaat ook helemaal geen puzzel, alleen maar in Luces hoofd. Stel je voor: de kleindochter van Duchêne die niet weet dat het nil novi sub sole is en niet nil novum!'

Ze schaterde het uit.

12.

Lucie Wasteels

De eerste dagen na de schoolreis was het of we schurft hadden. Ella, die altijd sneller dan wie ook doorhad uit welke hoek de wind waaide, had zich meteen ziek gemeld en had Cil met zich meegenomen want het was opnieuw Ella en Cil, Cil en Ella. Ze lagen in de smalle ijzeren bedden van de hoge ziekenzaal waar vroeger Ursula hen geen uur langer dan noodzakelijk zou hebben gedoogd, maar Ursula was er niet en geen van de overige surveillanten maakte aanstalten om haar taken over te nemen.

'Kom bij ons liggen,' zei Cil als ik hen opzocht.

'Ik wil uitzoeken wat er is gebeurd.'

'Dat weten we toch.'

'Ik wil alles weten.'

'Dat vertellen ze ons toch niet,' zei Cil.

'Als ze het al zouden kunnen vertellen,' zei Ella.

Ik keek naar Cil en ik keek naar Ella.

'Het kan jullie niets schelen,' zei ik.

'Integendeel,' zei Ella, 'wij zijn ziek van verdriet.'

'Wat kunnen we doen?' zei Cil. 'Het waait wel over, Luce.'

'Niets waait over. Niets zal ooit nog zijn zoals het was.'

'Is dat zo erg?'

Ik zuchtte. 'Hadden jullie in Trier Ursula zo graag erbij gehad?'

'Het zou anders zijn geweest,' zei Cil en knipoogde naar me.

Ik bloosde. Eros en Thanatos. Maar Ursula was niet dood. Ze zou zich voor de rest van haar leven in een rolstoel moeten voortbewegen maar dood was ze niet, al had ze dat liever willen zijn. En daarmee had ze zich schuldig gemaakt aan de zonde van wanhoop, maar dat leek niemand te beseffen. Voorlopig had iedereen het te druk met Duchêne. Hoe had ze die arme Ursula zo harteloos kunnen behandelen?

Duchêne probeerde les te geven. Ze kwam als vanouds met tikkende hakken de klas binnen, maar ze liep langzamer dan vroeger en ging meteen zitten, alsof de verlamming die Ursula had getroffen ook haar benen had aangetast. We lazen Vergilius, of juister gezegd, Duchêne las voor uit Vergilius, maar na enkele zinnen brak ze haar lectuur abrupt af en staarde met wijd opengesperde ogen en open mond naar de tekst, verstomd door wat ze jaren onnadenkend met haar leerlingen had gelezen. Wij zwegen, keken naar haar, wachtten op een vraag, een aansporing, een vermaning.

Meisjes, denk eens na! Doe jullie best! Als je je concentreert, ken je het antwoord! Maar ze staarde ontzet naar de zinnen alsof ze voor het eerst besefte wat er stond. Sunt lacrimae rerum. Ze keek op. Iemand stak haar hand op.

'Er zijn tranen van de dingen.'

'Er zijn tranen van de dingen,' herhaalde Duchêne schamper. 'Waaraan heeft Vergilius jou verdiend? Zelfs Ursula zou iets beters kunnen bedenken.' Ze lachte. Ik kromp in elkaar. 'Ursula was altijd zo boos omdat ik Latijn gaf en zij niet. Ze beweerde dat zij ook Latijn kende. Iedereen kent Latijn, zei ze. Iedereen die naar de mis gaat.' Ze lachte. 'Zouden jullie graag van Ursula Latijn hebben gekregen?'

Ik keek naar het blad van mijn bank. Ik wilde Duchêne niet in de ogen kijken en ik wilde Renée niet in de ogen kijken en ook mijn klasgenoten wilde ik niet in de ogen kijken. Ik wilde nooit iemand nog in de ogen kijken.

Renée kwam de volgende dag niet naar school. Ziek, werd ons gezegd, en we knikten. Niemand vroeg wat er met haar aan de hand was.

Ik denk niet dat Duchêne Ursula uitlachte. Ik denk dat ze lachte om de situatie. Zij, Constance Duchêne, die door generaties leerlingen op handen was gedragen, was in ongenade gevallen door toedoen van een non, die zelfs nooit was verfoeid of gehaat, maar gewoon beschimpt. Bespot. Vanitas vanitatum. Alles is ijdel. Vergankelijk. Ook de adoratie van een hele school. Ook het respect dat door jaren toegewijde inzet is verworven. Wie was Zuster Ursula? Een werknon. Een non die te lomp was om iets anders te doen dan zeuren en zaniken. En zelfs dat deed ze niet goed. De ene dag zag ze alles door de vingers, merkte ze niet dat een van de kleintjes met ongekamde haren aan het ontbijt verscheen; de andere dag kende ze geen rust tot ze iemand had betrapt. Dan stond ze als een duivel uit een doosje voor je, nam je met felle oogjes op en siste: Laat je nagels zien. En kon ze niets op je nagels op- of aanmerken, dan wilde ze je hals inspecteren. Of je schoenen. Of je kousen. Of je oren. Ella beweerde dat je het kon ruiken als het weer zover was. Je ruikt het venijn dat ze straks gaat spuwen, zei ze.

'Ze had toch best naar Trier mee kunnen gaan,' zei Ella die overeind zat in haar ziekbed en de portie at die ik haar had gebracht. 'Ze wilde iets zien van de wereld. Iets leren. En ze mocht niet.'

'Tu quoque, fili mi? Het is zo goedkoop om Duchêne alle schuld toe te schuiven. Iedereen is schuldig. Duchêne wilde ons iets geven wat we niet hadden kunnen beleven als Ursula erbij was geweest.'

'En jij had het bijna aan je neus voorbij laten gaan,' zei Cil.

'Als Ursula erbij was geweest, had iedereen het aan haar neus moeten voorbij laten gaan.'

'En zou dat zo verschrikkelijk zijn geweest? Duchêne heeft dit niet voor ons gedaan. Duchêne heeft ons laten begaan omdat ze wilde genieten van een rustig weekje in Trier met haar man. Van wat wij uithaalden lag ze niet wakker, maar haar dochter mocht niet de hoer uithangen. Die kreeg een klap toen ze te ver ging. Maar wij? Denk je dat ze ook maar vijf minuten haar slaap heeft gelaten om wat wij deden? Over een paar maanden gaan wij voorgoed van school en is het afgelopen. Dan bestaan wij niet meer voor Duchêne en heeft ze andere gratiën.'

'Duchêne vergeet ons nooit.'

'Nu misschien niet.'

'Maar je bent blijkbaar al vergeten hoe ze iedere zaterdag met ons aan het forum kwam werken.'

'Dat deed ze om onze geliefde lerares te zijn.'

'Zo kun je alles tegen iemand gebruiken.'

'Ella wil je alleen maar duidelijk maken dat de dingen zijn wat ze zijn, Luce. Wij kunnen daar niets aan veranderen. Het heeft niets met ons te maken.'

'Tu quoque?'

'Hou op met dat ge-tuquoque. Het gaat niet om jou of Cil of mij. Het gaat om Duchêne en Ursula.'

'Dat zeg je omdat je hier ligt. Omdat je niet wilt weten wat ginder gebeurt. Sunt lacrimae rerum.'

'Livius?'

'Vergilius.'

'Het aardse tranendal?'

'Zoiets. Tranen horen bij de dingen.'

'Huilt Duchêne in de klas?'

'Veel erger dan huilen. Ze zwijgt, ze stamelt, ze lacht. En jullie liggen hier.'

Die avond werd er opnieuw gebeden voor Ursula's spoedige herstel, waarvan, zoals iedereen wist, geen sprake kon zijn. En mocht de Heer ons het inzicht geven om de juiste lessen uit deze pijnlijke geschiedenis te trekken. En mocht Hij ons de nederigheid geven om ons hoofd in deemoed te buigen. En mocht Hij ons behoeden voor de zonde van hovaardigheid. En mocht Hij onze zonden vergeven zoals ook wij die vergeven aan onze schuldenaren.

We baden om vergiffenis maar niemand was bereid om Duchêne ook maar iets te vergeven en Duchêne zelf dacht er niet aan om vergiffenis af te smeken. Berouw, boete, loutering, de nonnen waren er dol op en ook ons was het ingepeperd. Beken je schuld, biecht je zonden op, vraag vergiffenis en we beginnen met een schone lei. Een wit zieltje. Voorwaar ik zeg u, er zal meer vreugde zijn in het Rijk der Hemelen voor die ene zondaar die zich bekeert dan voor honderd trouwe gelovigen.

Voor ons was het een reflex. Hoofd buigen en excuses mompelen. Zelfs Ella schikte zich daarin. Maar Duchêne was geen leerling. Ze was de eerste lerares Latijn die de school ooit had gehad. Ze had haar eigen forum waarop ze trots de redevoeringen van de grote redenaars had gedeclameerd, ze kende de poëzie van Catullus uit haar hoofd,

kon moeiteloos lange passages citeren uit Vergilius, Seneca, Sallustius... Nu keerde dat zich tegen haar. Plotseling vond iedereen haar trots, hovaardig en zelfs harteloos, want iedereen herinnerde zich hoe ze Ursula uit haar klas had geweerd tot het arme mens van frustratie een
krachtige wind had gelaten. Destijds hadden we
erom gelachen, maar nu waren we tot inkeer gekomen. De schellen waren ons eindelijk van de
ogen gevallen.

Mij ook? Ik weet het niet. Ik wilde niet huilen
met de wolven in het bos en ik wilde geen Judas
zijn, maar ook ik had met Ursula te doen. Ze was
zo'n sukkel.

'Weet je nog die zondagmiddag...'
'Toen ze zich in de vestiaire had verstopt?'
'Ja.'
We schoten in de lach.
'Ze was het grootste kind van de school.'
Het was op een zondag en zoals altijd hadden
we ons om halfdrie in de hal verzameld voor de
wandeling. Het was erg koud en we stonden als
paarden met onze voeten te stampen. Het werd
twintig voor drie, tien voor drie, drie uur, maar
Ursula kwam niet opdagen. Zou ze in de kapel
zitten? Of in de eetzaal? Het was te koud om zonder jas te gaan wandelen en ook in de hal was het
om te bevriezen, maar Ursula had de sleutel van
de vestiaire en Ursula was er niet.

'Misschien is ze onwel geworden,' zei iemand.
'Misschien moeten we het huis doorzoeken.'

Op dat moment hoorden we zacht gekras.

'Wat is dat?'

Het krassen werd luider. Allemaal draaiden we ons naar de deur van de vestiaire. Nu hoorden we een kraakstem: 'Wie knabbelt er aan mijn huisje?'

'Zuster Ursula?' zei Ella.

'Pak me dan als je kan.'

Ella stapte op de deur af.

'Zuster?'

'Kom maar, kindertjes, ik heb reuzehonger.'

Ella duwde de koperen deurkruk naar beneden en bracht haar mond vlak bij de deurstijl.

'Zuster, ik tel tot drie en dan trek ik de deur open.'

'Kom maar!'

Daar stond ze tussen jassen en sjalen en mutsen: Ursula. Ze schaterde het uit, kletste op haar dijen van plezier.

'Alles in orde, zuster?'

'Waren jullie bang?' Ze hikte van het lachen.

'O ja, zuster,' zei Cil, 'we dachten allemaal dat er een heks in de vestiaire zat.'

'Ja, zuster, mijn hart bonst nog van de schrik.'

De hele wandeling hielden we het vol: Zuster toch, wat hebt u ons aan het schrikken gemaakt! U zou kunnen acteren, Zuster! Hebt u vroeger op school toneel gespeeld?

'Ik vind,' zei Ursula, 'dat er weleens mag gelachen worden. Heeft Jezus niet gezegd: Laat de kinderen tot mij komen?'

'En zalig de onnozelen van geest.'
'Zij zullen het Rijk der Hemelen zien.'

Tegen de tijd dat Ella en Cil overwogen om de ziekenzaal te verlaten, had Duchêne zich ziek gemeld. Er werd gefluisterd dat de directrice zelf haar een rustperiode had opgelegd. Sinds Trier had ze nauwelijks les gegeven; ze had naar ons gestaard, ze had Latijnse citaten gedebiteerd, ze had telkens opnieuw schaterend verteld dat Ursula zichzelf in staat achtte om Latijn te geven. Kerklatijn!

Een van de vele geruchten die de ronde deden was dat Moeder-overste Ursula naar een ander klooster had willen overplaatsen maar dat Ursula gesmeekt had om te mogen terugkeren. Niet alleen had Ursula haar zin gekregen, maar Moeder-overste had er ook voor gezorgd dat Ursula door de beste fysiotherapeut van het land werd behandeld. Er werd gezegd dat Ursula iedere dag mocht kiezen wat ze at. Er werd zoveel gezegd en gekletst, over het ongeluk nog het meest. Waarschijnlijk wist niemand, zelfs Moeder-overste niet, wat er precies was gebeurd, behalve Ursula dan, die zich misschien niet alles herinnerde en het alleszins niet aan onze neus zou hangen. Niemand had haar gezien nadat ze op de slaapzaal het licht had uitgeknipt. Iedereen had haar voetstappen horen wegsterven en was in slaap gevallen zonder te weten dat ze nooit meer naar Ursula's geslof zouden liggen luisteren.

Waarschijnlijk was ze eerst naar de kapel gegaan, want daar waren alle kaarsen aangestoken alsof ze God wilde uitdagen om de wanhoopsdaad te aanschouwen die Hij had kunnen voorkomen indien Hij haar niet had verlaten en niet zoals altijd voor Duchêne partij had gekozen.

Na de kapel is ze misschien eerst nog naar het landhuis geslopen om de spullen op te halen die ze in de vestiaire moet hebben klaargezet. Ofwel had ze de kleren en het eten al bij zich in de kapel. Het was een maanloze nacht. De hemel was bewolkt en misschien regende het. In Trier, zei Cil, regende het alleszins die nacht. Eerst is ze nog naar het forum gelopen om de vier beelden een kledingstuk aan te trekken: Ella een wollen muts, Cil en mij een witte blouse en Duchêne een hoofddoek. Aan de voet van elk beeld heeft ze een homp brood en een glas water neergezet. Ten slotte heeft ze op Duchênes linkerborst een zwarte cirkel geschilderd.

De kleren en het eten waren makkelijk: daarmee wilde ze aangeven dat de beelden meer dan beelden waren, maar over de cirkel raakten we het niet eens. De een noemde het een schietschijf voor de kogel waarmee ze Duchênes hart wilde doorboren. De ander zag een zwart gapend gat: Duchêne had geen hart.

Er werd gezegd dat Ursula van Moeder-overste naar Trier had mogen gaan. Dat zij haar toestemming had gegeven maar dat Duchêne zich was blijven verzetten en zelfs met ontslag had gedreigd. Over de schoolreis zelf deden de wildste verhalen de ronde. Was het waar dat Duchêne ons alleen had gelaten met een bende Amerikaanse archeologen? Was het waar dat we iedere nacht waren gaan dansen? En was het waar dat Ella, Cil en ik bij haar in het pension hadden gelogeerd?

Ben je gek, zei ik.

En Renée?

Die sliep ook bij ons. We sliepen in barakken. Iedereen sliep in barakken. Er was geen ander logies.

'Stel je voor,' zei Cil, 'dat ze ook op onze beelden een zwarte cirkel had geschilderd.'

Ik huiverde.

'Wordt er veel over ons geroddeld?' vroeg Ella.

Ik knikte. 'Over de hele klas. Ze weten alles. Vraag me niet hoe.'

'Maar roddelen ze meer over ons?'

'Ik denk het niet.'

'Wat zou het ergste zijn geweest: dit of dat ze dood was?'

'Dat zou veel erger zijn!'

'Ik weet het niet,' zei Cil. 'We zouden haar hebben begraven en er zou een einde aan zijn gekomen. Nu duurt het maar voort. Als er die dag geen melk was geleverd, had ze het misschien niet overleefd.'

'Er wordt iedere dag melk geleverd.'

'Dat is niet waar!'

'Zou ze erop gerekend hebben dat de melkboer haar vond?'

Ik schudde mijn hoofd. 'Ze is uit het torenkamertje gesprongen. Dan verwacht je niet dat je
het overleeft.'

'Wat gaat er met het forum gebeuren?'

'Dat weet ik niet. Duchênes beeld is weg. De
zwarte cirkel ging er niet uit.'

'Als we genezen zijn, gaan we haar opzoeken,'
zei Ella.

'Jullie zijn genezen.'

'Als we uit de ziekenzaal worden ontslagen.'

'Er is niemand om jullie te ontslaan.'

'Ella bedoelt, Luce, als we het hier beu zijn.'

13.

Jana Bekkers

In de droom liep ze gearmd met een man over straat. Het was iedere keer een andere man, maar altijd was het een man die ze kende maar met wie ze nooit iets had gehad. Ook in de droom bleef dat zo. Ze praatten, ze lachten, ze kletsten, maar vrijden niet. Toch hadden de mannen allemaal hetzelfde dringende verzoek aan haar: kon ze hen hiermee helpen? Ze hielden hun jas open en toonden haar hun penis die veel weg had van een worstje, zo klein en onschuldig was hij. Toch smeekte de man of ze hem ervan kon verlossen: de spanning was ondraaglijk en leidde zijn aandacht af.

Soms volstond het dat ze naar zijn penis keek of het sperma kwakte er al uit; soms knielde ze voor hem neer en nam hem in haar mond. Het duurde maar even. Dankbaar hielp hij haar overeind. Ze wandelden verder.

De avond voor de auditie ging ze vroeg naar bed en dacht: Straks loop ik met de producer gearmd over straat en verlos ik hem uit zijn nood,

maar toen ze wakker werd kon ze zich niet herinneren wat en of ze had gedroomd.

'Weet je,' had ze tegen Ivo gezegd, 'ik denk niet
dat ik last van zenuwen zal hebben.'
     'Waarom zou je? Die producer heeft allang be-
slist dat hij jou neemt.'
     'Zou je trots op me zijn als ik het kreeg?'
     'Ik ben trots op jou.'
     Ze hadden het gesprek nog eenmaal gerepe-
teerd. Ivo had de vrouw gespeeld die Jana zou
moeten interviewen en over het trauma van wie
het produktiehuis een dossier had opgestuurd.
     'Op een morgen,' zei hij, 'trok ik de gordijnen
van de slaapkamer open en zag een man in de
tuin.'
     'Een exhibitionist?'
     'Nee, maar toch dacht ik dat ik van de schrik
zou flauwvallen. Wij wonen afgelegen en mijn
man is de hele dag van huis. Ik durf de gordijnen
niet meer open te trekken of alleen thuis te blijven.'
     'Fantaseert u over hem?'
     'Nee, maar ik ben bang dat hij mijn rozen ver-
trapt.'
     Ze waren in de lach geschoten.

Ze schrok toen ze zag hoeveel kandidaten er voor
de auditie waren. Ze telde er twaalf, tien vrouwen
en twee mannen, allemaal tussen de twintig en de
dertig jaar. De producer liep het zaaltje binnen en

gaf iedereen snel een hand of een schouderklopje. Wie wilde als eerste naar de schminkkamer?

'De schminkkamer?' vroeg Jana.

'We doen alles zoals bij echte uitzendingen.'

'Je eerste auditie?' vroeg een jongen.

Jana knikte. 'Heb jij ook psychologie gestudeerd?'

'Nee, maar wat Lukas nu zoekt is een vlotte gastheer of gastvrouw.'

'Lukas?'

'De producer. Toi, toi.'

Jana omklemde het zitvlak van haar stoel. Ik ben hier voor de producer, dacht ze, niet voor het programma. Ik ben hier voor het programma, niet voor de producer.

Iemand zette het televisietoestel aan. De jongen die de producer Lukas had genoemd, heette zijn gast hartelijk welkom. De man had als enige een auto-ongeval overleefd waarin zijn broer en diens vrouw waren omgekomen. 'En u bent bang,' zei de jongen. 'Ja, ik ben bang,' mompelde de man. 'U bent bang dat,' zei de jongen. 'Ja, ik ben bang dat.' 'U bent bang dat u...' De man keek of hij het liefst onder de tafel was weggekropen. 'U bent bang dat u zult proberen de stap naar hen te zetten,' zei de jongen preuts. Hij nam de hand van zijn gast in de zijne, keek hem recht in de ogen en zei: 'Ze zijn nog bij ons. Ze hebben ons niet verlaten. Voelt u hen? Voelen wij hen?'

De producer liep het zaaltje binnen en stak een vuist in de hoogte.

'Dit wordt sterke televisie! Jana, jouw beurt voor de schminkkamer.'

En nu voelde ze eindelijk de zenuwen die ze de hele tijd had moeten voelen, maar ze kon niet weglopen want de producer liep met haar mee, nam haar zelfs losjes bij de elleboog.

Ze leunde achterover in de schminkstoel en probeerde zich te ontspannen.

'De eerste keer?' vroeg de schminkster.

'Min of meer.'

In de spiegel zag ze de producer met haar gast. Het was die lerares Latijn die samen met Cil en de directrice bij haar oma in de klas had gezeten! Was dit de E.C. uit haar dossier?

'Mevrouw Crommen?'

'Jana Bekkers,' zei Ella met een glimlach.

'Wist u dat ik met u zou praten?'

'Nee, maar nu ik je hier zie verbaast het me niet. Je hebt toch ook je baan bij ons aan een televisieprogramma te danken? En ik heb nooit geloofd dat jij lang bij ons zou blijven. Jij bent helemaal anders dan je grootmoeder. Wat ga je me straks vragen? Ik heb wel een beetje gelogen in mijn dossier. Het was geen man die in mijn tuin naar mijn slaapkamerraam stond te loeren, maar een non. Kun jij je voorstellen dat iemand voor een non op de vlucht slaat, Jana? Ken jij nonnen?'

'Nee. Ik wens er ook geen te kennen en ik wens u geen vragen te stellen. Ik ga naar huis.'

'Jana, er komt geen tweede auditie.'

Ze schudde haar hoofd. 'Ik kan mij niet meer

concentreren. Eerst denken ze dat ze mijn grootmoeder uit mij kunnen zuigen, daarna lachen ze me uit omdat ik anders ben dan zij.'

'Niemand lacht je uit, Jana.'

Ze bleef haar hoofd schudden. 'Ik ga naar huis.'

'Dat is dan de tweede keer dat je wegloopt, Jana,' zei Ella. 'Jouw grootmoeder zou nooit zijn weggelopen.'

'Ik ben mijn grootmoeder niet.'

Ze gaf de producer een hand en ze gaf Ella een hand en ook het meisje dat haar was begonnen te schminken gaf ze een hand. 'Het spijt me.'

In de auto begon ze te huilen. Wat moest ze tegen Ivo zeggen? En tegen Vicky? Ze waren allebei nog veel meer over de auditie opgewonden geweest dan zijn. Maar het was uitgesloten dat ze met die vrouw zou hebben gepraat. Ze verdroeg die blik niet. Die ogen die haar doorpriemden. Waarom konden ze haar niet met rust laten? Zij liet hen toch met rust. Zij vroeg niemand iets. Alleen dat ze haar met rust lieten. Dat iedereen haar met rust liet.

Natuurlijk was ze haar oma niet. En ze was ook haar moeder of haar zus niet. Ze was zichzelf en wilde zichzelf zijn, hoe onaangenaam dat soms ook was, niet in de eerste plaats voor de anderen maar voor zichzelf. De anderen hoefden helemaal geen last van haar te hebben. Ze moesten haar alleen met rust laten.

Ze reed haar straat in en zag Vicky's auto voor

haar deur geparkeerd staan. Iedereen achtervolgde haar, niemand gunde haar een seconde rust. Ze
moest en zou erbij horen. Bij wat? Bij het clubje.
De mensen. De hallo-hoe-gaat-het-met-je-van-
daag-ers. Maar ze waren helemaal niet geïnteresseerd in wie zij was. Ze wilden alleen vernemen
dat er niets te vernemen viel. Ze waren niet op
zoek naar haar maar naar zichzelf. Vicky zocht in
haar haar evenbeeld. Wilde zich er krampachtig
van overtuigen dat er uiteindelijk niet zulke grote
verschillen tussen hen waren. Dat ze echte zusjes
waren. De drie harpijen zochten in haar haar oma,
die allang dood en begraven was. De producer
zocht een vlotte talkshow-gastvrouw. Alleen Ivo
liet haar met rust. Ivo zocht niets in haar. Maar
ook hij zag haar niet.

Uit angst dat ze zich niet zou kunnen beheersen
en Vicky de huid vol zou schelden en zich daarna
niet zou willen excuseren, was ze het liefst haar
huis voorbijgereden en had ze ergens in een café
gewacht tot er aan de dag een eind was gekomen,
maar Vicky had Jana's auto herkend. Ze stapte
uit, zwaaide uitbundig naar haar zus, verdween in
haar auto en kwam te voorschijn met een bos
bloemen. Ze klapte het portier dicht.

'Weet mama dat drie klasgenoten van haar bij
jou op school werken?' vroeg Vicky nadat Jana
haar met veel tegenzin over de auditie had verteld.

'Nee, en ik wil er ook niet met haar over praten. Ik wil het niet echter maken dan het al is. Wat moet ik met die vrouwen? Met hun jeugd? Hun verleden?' Vicky, neem je bloemen mee. Ik verdien geen bloemen.'

'Mag ik het aan mama vertellen?'

'Als je wilt.'

'Jij bent zo weinig nieuwsgierig, Jana.'

'Het is hun leven, niet het mijne. Geef die bloemen aan mama en vertel haar alles. Straks staat Ivo hier ook met bloemen.'

De telefoon ging. 'Dat is Ivo.' Maar het was de directrice.

'Ik hoor,' zei ze, 'dat u op zoek bent naar ander werk. Bent u niet tevreden bij ons?'

'Jawel, maar ik geef maar tien uur les.'

'Als u wilt, kan ik ervoor zorgen dat u volgend jaar meer uren krijgt.'

'Bent u bang dat ik wegloop?' vroeg Jana.

De directrice lachte.

Opnieuw rinkelde de telefoon. De producer. Of ze veilig thuis was gekomen?

'Is de auditie afgelopen?'

'Nee, maar ik wou je even bellen. Ik blijf het jammer vinden dat je niet hebt meegedaan.'

Ze zweeg.

'Ze hebben me nodig in de studio, Jana. Tot een volgende keer misschien.'

Ook de producer zou haar voortaan met rust moeten laten.

Ivo kwam thuis met bloemen en champagne, en ze had het hart niet om hem de waarheid te vertellen: dat er absoluut niets te vieren viel. Zijn ogen schitterden alsof ze hem net verteld had dat ze een kind zouden krijgen. Alles wilde hij weten over de auditie: hoeveel camera's er in gebruik waren, of haar een microfoontje was opgespeld, of ze de gelegenheid had gehad om te repeteren, of ze aanwijzingen van een regisseur had gekregen, wanneer ze een telefoontje mocht verwachten.

'Ivo,' zei ze en wuifde al zijn vragen weg, 'ik denk niet dat ik enige kans maak. De meeste mensen daar hadden tien keer meer ervaring dan ik.'

'Heb je gezien hoe je in beeld kwam?'

Ze schudde haar hoofd.

'Heb je niet op de monitor gelet?'

Ze zuchtte. Als ze hem de waarheid vertelde, moest ze hem alles over de drie gekke vrouwen vertellen en zou hij alleen nog meer vragen stellen. Ze wilde niets vertellen en ze wilde naar niets luisteren. Ze wilde dat hij praatte en dat zij kon wegdromen. Waarom vertelde hij niet over zijn tentoonstelling? Maar hij bleef maar zeuren over hoe fotogeniek ze wel was, en zou het niet prettig zijn als ze eens een videocamera huurden, zou ze dan voor hem poseren, wel ja, ze poseerde toch altijd voor hem, maar zou ze misschien nu al voor hem willen poseren? Het hoefde niet meteen, ze konden de fles champagne meenemen naar hun slaapkamer en hem eerst rustig uitdrinken. De slaapkamer? Ja, de slaapkamer, daar zou ze zich kunnen ontspannen. Waarom moest ze zich ontspannen? Hij zei toch altijd dat ze zich moest concentreren als hij foto's van haar maakte. Ze lachte. Hij bloosde. Nee, wist ze, hij zou het niet over zijn lippen krijgen: Jana, zou je naakt voor me willen poseren? Zoals alles zou ze het moeten begrijpen zonder woorden, zoals hij alles van haar zonder woorden begreep of niet begreep. Hij vroeg het niet met zoveel woorden zodat het misschien ook nooit zijn bedoeling was geweest dat ze geknield op het bed ging zitten, haar kont op haar hielen liet rusten, de fles champagne tussen haar dijen klemde en haar bloes losknoopte, uittrok en door de kamer gooide, haar beha openhaakte en bij de bloes gooide, haar borsten met haar handen omhoogduwde. Ivo stelde zijn fototoestel in en klikte. Ze keek recht in de lens.

Ze zette de fles op de grond, stond op, knoopte haar rok los, liet hem vallen, stroopte haar panty af, rolde haar slipje naar beneden. Kuis kruiste ze haar handen voor haar geslacht. Ze deed dit niet voor Ivo, ze deed het voor zijn camera. Ze ging op haar buik liggen, duwde haar kont omhoog, spreidde lichtjes haar benen, vroeg zich af wat hij zag, wou dat hij alles zag. Ze rolde op haar rug, hief haar benen zo hoog ze kon, spreidde ze. En terug op haar buik en op haar zij, de kont naar de camera gericht. Ze hief het ene been zo hoog als ze kon. Ze hoorde het klikken van Ivo's toestel, rolde op haar rug, spreidde haar benen wijd, hield zichzelf met haar ene hand open. Ze wilde helemaal open zijn en ze wilde dat hij het zag, dat de camera het zag. Ze kwam overeind, nam de fles champagne, zette hem aan haar mond en dronk. Maar ze kon niet snel genoeg slikken, de champagne liep langs haar mondhoeken over haar kin op haar borsten. Ze zette de fles neer, smeerde de champagne uit, lachte naar de camera die klikte en klikte. Ze ging weer op haar rug liggen, opende wijd haar benen, nam de champagnefles, zette hem aan haar lippen daar en liet de laatste champagne eruit lopen, terwijl ze recht in de lens bleef kijken, bleef lachen.

Het klikken hield op. Ivo duwde de fles weg en eiste zijn plaats op. Maar ze duwde hem weg, dwong hem zich eerst uit te kleden en het goed te doen, met zoenen en strelen, en voor het eerst in weken kwam ze bij hem klaar.

Later zei ze hem wat hij al wist. Dat ze erg graag voor hem had geposeerd. En opdat hij precies zou begrijpen wat ze bedoelde, zei ze: Ik vond het prettig me te tonen. Ze dacht aan de mannen die zich in haar droom aan haar hadden getoond, vroeg zich af of dat de betekenis was van haar droom: dat zij zich wilde tonen. Misschien was daarom het geslacht van die mannen zo klein. Het was zo klein omdat het helemaal geen mannen waren. Het was zijzelf.

'Ga je deze foto's tentoonstellen?' vroeg ze.

'Ben je gek.'

'Ik wil dat je ze tentoonstelt,' zei ze. 'Ik wil dat iedereen ze ziet.'

Hij duwde haar niet van zich weg. Hij kreunde en zuchtte en zoende haar opnieuw op alle plekken die ze daarnet zo schaamteloos aan de camera had laten zien. En opnieuw kwam ze klaar en opnieuw kwam hij klaar.

'Ivo,' zei ze, 'je mag aan niemand zeggen dat ik je heb gevraagd om die foto's tentoon te stellen.'

'Wat moet ik dan wel zeggen?'

'Niets. Helemaal niets. Je moet ze gewoon tentoonstellen. Niemand zal er iets over durven zeggen. En als ze er iets over zeggen, moet je doen of je hen niet begrijpt.'

14.

Lucie Wasteels

Renée deed de deur open. Ze zag erg bleek en haar ogen waren opgezwollen.

'Ben je nog altijd ziek?' vroeg Ella.

'Nee, maar mijn vader vindt dat ik beter even thuis kan blijven. Hij is bang dat ze het op mij zullen afreageren. Je weet hoe dat gaat.'

We knikten alsof we inderdaad wisten hoe dat ging.

'Mijn vader zegt dat een heleboel mensen waarschijnlijk lang op dit moment hebben zitten wachten. Hij zegt dat iemand met mijn moeders inzet en populariteit onvermijdelijk vijanden heeft. Hebben ze het ook op jullie gemunt?'

We schudden het hoofd.

'Op jou ook niet, Renée,' zei ik.

'Maar denk je dat ik het prettig vind dat iedereen over mijn moeder kwaadspreekt?'

'Wij ook niet, Renée. Daarom zijn we toch hier.'

'Achterlijke non,' zei Renée en ze ging ons voor naar de blauwe zitkamer.

'Mijn gratiën!' riep Duchêne geëxalteerd zodra ze ons zag. 'Mijn Ella, Cecilia en Santa Lucia! Jullie zijn mij niet vergeten! Jullie laten mij niet in de steek!'

Ik schrok toen ik haar zag. Haar haar hing los en haar ogen waren rood dooraderd. Ze omhelsde ons. Ik kan je niet uitleggen hoe ongewoon dat was. Misschien schrok ik nog meer van die omhelzing dan van de halfvolle fles whisky op het koperen bijzettafeltje. Ze nam een slok van haar glas en lachte.

'Ursula had ook gedronken.'

Ze begon het gaudeamus igitur te zingen.

'Miswijn?' onderbrak Ella haar.

'Nee,' zei Duchêne. 'Van miswijn heb je geen alcohol in je bloed.'

'Zat er alcohol in haar bloed?'

Duchêne knikte.

'Dan kan het een ongeluk zijn geweest?'

'Dat betwijfel ik. Waarom zou ze in het midden van een druilerige nacht het raam van het torenkamertje hebben opengezet? Nee, nee, onze Ursula had zich moed ingedronken. En dat heeft haar gered. Zonder die alcohol in haar bloed zou ze een nacht op koude stenen niet hebben overleefd. Nu had ze alleen maar een longontsteking. Luce, je staart naar mij als een koe die voor het eerst een trein ziet passeren.'

Ik sloeg mijn ogen neer.

'Maar hoe is ze aan alcohol geraakt?' vroeg Cil.

'Hoe? Wie zoekt, die vindt. Ik ken Ursula

goed, heel goed, beter dan wie ook. Ik kende haar al toen ze nog gewoon Gaby heette, en wij samen novicen waren in dit klooster. Toen al zat ze aan de drank. Ik weet het want ik was erbij. Ook in een klooster is er drank. Je weet hoe nonnen zijn als er een man in huis is. Hij mag niet verder dan de spreekkamer tenzij hij een werkman of een biechtvader is, maar hij moet met de nodige egards worden bejegend en daarbij hoort een glaasje wijn of likeur of zelfs whisky. Ook nonnen kennen hun wereld.

Ursula en ik deden het eerder voor het avontuur dan voor de drank. Het was zaak om de spreekkamer binnen te glippen op het moment dat het bezoek de deur uit was en Moeder-overste de fles nog niet had weggeborgen. We waren vooral dol op Elixir d'Anvers. Ken je dat? Het ziet geel en heeft een bitterzoete smaak en ik zou het nu niet meer door mijn keel krijgen. Soms zetten we ter plekke onze mond aan de fles, soms goten we iets over in een kop of een beker voor 's avonds. Moeder-overste merkte het na een tijdje. Ze eiste een verklaring die ze prompt van Ursula kreeg: een beschuldigende vinger naar mij. Ik geloof dat ik te verbouwereerd was om me te verdedigen.'

'En toen?'

'Veel vijven en zessen. Je kent de nonnen.'

'U hebt Ursula niet verklikt.'

'Nee. Ik wilde het incident niet opblazen. Er was mij beloofd dat ik zou mogen gaan studeren omdat de school haar eigen lerares Latijn wilde hebben. Nu kwam er af en toe een pater en de directrice was daar niet gelukkig mee. Ik was zo bang dat ze zich zouden bedenken en iemand anders naar de universiteit zouden sturen dat ik mezelf straffen oplegde: een halfuur vroeger opstaan om in de kapel te gaan bidden; geen suiker in mijn koffie et cetera. Toen bleek dat ik mij aan hovaardigheid bezondigde: mijn boetedoening was buitensporig. Ik speelde de grote zondares terwijl God mijn miezerig misdrijf waarschijnlijk nauwelijks had opgemerkt.'

Duchêne lachte, nam een slok van haar glas, sloeg haar handen voor haar gezicht.

'Al die zonden! Mijn ziel moet nog altijd pikzwart zien. Met hovaardigheid hadden ze je altijd te grazen. Ik was zo bang dat mijn kansen toen zeker verkeken waren. Dat ze zouden zeggen dat een studie mijn natuurlijke aanleg tot hovaardigheid zou aanwakkeren. Je had zo weinig verweer. Alles kon als hovaardigheid worden geïnterpreteerd. Zelfs deemoed. En toch moest je je hoofd buigen, moest je om vergiffenis smeken.'

'Maar u mocht toch gaan studeren?'

'Ze hadden niemand anders. Tot de laatste dag hebben ze me in onzekerheid gelaten. Gaby, Ursula zei dat zij in mijn plaats zou worden gestuurd. Ook nadat we betrapt waren, bleef zij aan de fles zitten om mij te treiteren. Ik zei: Gaby, ze zullen mij niet verdenken. Ik kom niet meer in de buurt van de spreekkamer. – Maar ik wel, zei ze. Jij bent zo hovaardig, Constance. Jij denkt dat jij

134

alleen bent uitverkoren om te zondigen en te studeren. Jij denkt dat jij de wegen van de Heer kunt doorgronden. Alles wat wij weten is dat deze school een lerares Latijn nodig heeft, maar wie die functie zal uitoefenen is niet bekend. Tenslotte weet zelfs Moeder-overste dat niet. Misschien komt hier morgen een novice aan uit Latijns-Amerika. – Ik zei: Wat heeft dat ermee te maken? – Alles, zei ze, dan sturen ze haar toch. Zij kent al Latijn. En toen moest ik zo hard lachen en ik was ook niet meer bang. Wat had ik te vrezen van iemand die dacht dat er Latijn werd gesproken in Latijns-Amerika?'

'Arme Ursula,' zei Cil.

'Arme Ursula? Arme Constance!'

Renée kwam de kamer binnen. Of we iets wilden drinken. En of het geen tijd was voor haar moeder om een beetje te rusten?

'Ik ben bijna uitverteld.'

'Over Ursula?'

'Over wie anders.'

'Heb je over haar fopneus verteld?'

'Nee.'

'Soms verscheen Ursula met een rode fopneus aan tafel,' zei Renée.

'Ze vond iedereen in het klooster te ernstig. Er mag weleens gelachen worden, zei ze. Ik geloof dat ik Ursula daarom tijdens mijn studie een beetje miste. In het klooster bij de universiteit was er niemand die ooit eens lachte of iets ondernam wat strikt genomen niet mocht. Toen ik mijn diploma had, was ik blij dat ik mocht terugkeren. Ursula had intussen haar geloften afgelegd en glorieerde. Als ik haar Gaby noemde, reageerde ze niet. Dus sprak ik Latijn tegen haar om haar te pesten. Ik begon les te geven en Ursula werd surveillante. Ze achtervolgde me. Waar ik ook kwam, dook ze op. Terwijl ik lesgaf zat ze als een hond voor de deur. Als ik de klas verliet, struikelde ik haast over haar. Ze vroeg me of ik haar Latijn wilde leren. Ik zei dat ik dat met plezier zou doen als ze ophield me te achtervolgen. De volgende dag gaf ik haar de eerste les – rosa, rosae, rosam – maar je kon net zo goed proberen een aap Latijn bij te brengen. Ik hield vol omdat ik bang was dat ze me opnieuw zou achtervolgen. Toen begon mijn man me op te zoeken. Hij kondigde zich aan als inspecteur Latijn en kwam de klas binnen met de directrice, die blijkbaar niet in de gaten had dat iemand van zijn leeftijd onmogelijk inspecteur kon zijn. Hij vertelde haar dat hij iedere week zou moeten komen tot ik voldoende was ingewerkt.'

Ze glimlachte.

'Besefte u waarom hij kwam?'

'Ja en nee. We hadden vroeger veel over het geloof gepraat. Hij had me uitgelegd hoe hij tot het inzicht was gekomen dat je ook als leek je geloof kunt beleven. Hij was in het seminarie geweest maar was na een paar jaar uitgetreden.'

'Hij zat in je jaar?'

'Ja. Ik zou rond Kerstmis mijn geloften hebben afgelegd maar vroeg uitstel. Ursula met haar boerenverstand had als eerste in de gaten wat er aan de hand was. Ze daagde me uit, ik zweeg maar kon mijn verwarring niet verbergen. En ik was verliefd. Ik vond het prettig om door Ursula over hem te worden geplaagd. Ik verkeerde op dat moment in de waan dat Charles mijn inspecteur Latijn was. Na de les bespraken we altijd gewetensvol wat ik verkeerd had gedaan. Hij was erg streng. Maar hij begon telkens opnieuw over hoe we ons geloof ook als leek kunnen beleven. Toen ik hem vertelde dat ik mijn geloften had uitgesteld, lachte hij opgelucht. Hij zei dat ik niet thuishoorde in een klooster. Dat ik me daar niet mocht begraven. Vooraleer de situatie goed en wel tot mij was doorgedrongen, had Ursula bij Moeder-overste geklikt. Charles kon haar ervan overtuigen dat ik niet beter wist of hij was de inspecteur Latijn. Hij onderhield haar over zijn visie op het lekenapostolaat. Ze zei: Maar daarmee zijn wij onze lerares Latijn kwijt. Waarop Charles vroeg: Waarom?

Zes jaar hebben ze me geweerd. Toen alle leerlingen de deur uit waren die mij als novice hadden gekend, mocht ik terugkeren. Ze hadden tenslotte mijn studie betaald. Het moest renderen. Intussen was ik getrouwd en waren mijn kinderen geboren. Zwanger voor de klas staan zou absoluut uitgesloten zijn geweest.' Ze glimlachte naar Renée.

'En Ursula?' vroeg Ella.

'Die begon me opnieuw te achtervolgen.

Dreigde ermee de leerlingen of erger nog de ouders over de situatie in te lichten als ik haar geen Latijn gaf. Ik zei dat ik haar al het Latijn had geleerd dat ik haar kon leren. Ik zei dat ze moest ophouden met me te achtervolgen. Dat ik anders Moeder-overste de waarheid over de drankdiefstal van destijds zou vertellen. Ze lachte me uit, maar het gezeur hield voor een tijdje op. Dan flakkerde het weer op en moest ik het een of andere dreigement bedenken. Nu was het jaren geleden. Ik dacht dat ik gek werd toen ze over Trier begon te zaniken. En dan nog wel in mijn klas komen zitten!

Ik weiger de verantwoordelijkheid voor wat er is gebeurd. Dan is Moeder-overste ook verantwoordelijk omdat ze mij en niet Ursula heeft laten studeren. Of Charles omdat hij mij en niet Ursula het hof heeft gemaakt. Of God omdat Hij mij en niet haar hersenen heeft gegeven! Ben ik hovaardig? Bezondig ik me opnieuw aan een gebrek aan deemoed?'

'Of aan medelijden,' zei Ella.

'Medelijden!' Duchêne spuwde het woord uit. 'Niemand heeft ooit met mij medelijden gehad al die jaren dat ik me moest vernederen om toch maar te mogen studeren. Ik zou niet gewild hebben dat iemand met mij medelijden had. Medelijden is voor de zwakken!'

'Ursula is zwak.'

'Vergis je niet. Als Ursula zwak is, is een tank ook zwak. Ursula overleeft ons allemaal.'

'Maar wat gaat u doen als Ursula terugkomt?'

'Wat ik mijn hele leven heb gedaan: lesgeven. Ik ga me niet door een non laten afnemen wat ik in al die jaren heb opgebouwd.'

'Natuurlijk niet, mevrouw,' zei Cil, maar ik was bang dat het haar al grotendeels was afgenomen. Uiteindelijk had ook ik medelijden met Ursula. Ursula met haar fopneus. Haar lijfgeur. Haar domheid. Haar aandoenlijkheid. Heb erbarmen. En vergeef ons onze schulden gelijk ook wij vergeven aan onze schuldenaren.

15.

Jana Bekkers

Alles gebeurde vertraagd, verstild. De vrouw van
de stomerij treuzelde bij het rek met de schoonge-
maakte kledingstukken, leek met doof- en blind-
heid geslagen want eerst hoorde ze Jana niet – 'het
blauwe jasje, mevrouw, met de gele voering, daar
naast de bordeauxrode jas' – en toen zag ze het
verschil niet tussen blauw, geel, grijs of groen.
Wacht, ze zou de stok met de haak halen, maar
waar was die gebleven? Ga dan gewoon op een
stoel staan, dacht Jana, maar de vrouw verdween
op zoek naar haar stok.

'Wat is uw nummertje?'

'368, maar het is dat blauwe jasje met de gele
voering.' Toch viste de vrouw eerst een grijs jasje
op.

'368 zei u? Nee, dit is het niet.'

Drie jasjes later had ze eindelijk het blauwe
beet. Jana drukte in gedachten op een FAST FOR-
WARD-knop, en zag de vrouw het jasje in ijltem-
po inpakken en afrekenen.

Thuis hingen de foto's waarvoor ze op hun bed had geposeerd met gekleurde kopspelden in de keuken aan de muur. 'Kies maar uit welke je uitvergroot wilt,' had Ivo gezegd, maar ze wilde ze allemaal uitvergroot. Ze wilde ze in een blad, op een tentoonstelling.

Ivo had voor het eerst een foto verkocht. De bank, die als hoofdsponsor voor zijn tentoonstelling optrad, was enthousiast toen hij hun een oude prentkaart toonde van het plein waaraan het bankgebouw lag. Hij had voor hen een tweeluik gemaakt: een uitvergroting van de prentbriefkaart en een foto van het plein nu. De tentoonstelling zou officieel worden geopend met een toespraak en een receptie. Ivo had haar de datum in haar agenda laten noteren. Hij noemde het de vernissage. De vernissage van de tentoonstelling. Nee, ik ben vanavond niet vrij, ik moet naar de vernissage van mijn man.

Er werd gebeld. De buurvrouw kwam een pakje afgeven dat ze voor hen van de postbode in ontvangst had genomen.

'Uw man krijgt veel pakjes,' zei de buurvrouw.

'Ja,' zei Jana. 'Het is een hobby van hem.'

In de les speelde Dieter nog altijd met zijn mes.

'Dieter, stop dat mes weg.'

'Waarom?'

'Omdat ik het vraag.'

Hij klapte het open, begon het heft met zijn

sweatshirt op te poetsen.

'Dieter, óf je steekt dat mes weg, óf je verlaat de klas.'

Hij duwde zijn stoel achteruit en kwam steunend op zijn handen overeind. Met het mes open in zijn hand liep hij naar voren. Ze was bang dat hij het voor haar voeten zou neergooien, of dat hij haar nonchalant in de billen zou knijpen, maar hij liep rustig de klas uit. Jana had niet het gevoel dat ze gewonnen had.

'Maar moet je dan alles slikken?' vroeg ze aan haar zus.

'Natuurlijk niet,' zei Vicky, 'maar je had hem meteen de eerste dag strenger moeten aanpakken.'

'Ik leer het nooit.'

'Niemand leert het ooit. Je moet gewoon jezelf zijn.'

'Mezelf?'

Ze lachten.

Zaterdag kwam Ivo's beste vriend langs en Ivo stelde een bezoek aan de sauna voor. Sinds hij eventjes haar minnaar was geweest, had ze hem niet meer gezien, alleen gehoord aan de telefoon. Hij zei: Met Axel, alles goed met jou? Ze zei: Ja, en gaf Ivo.

Ze zaten met zijn drieën in het grote ronde borrelbad. Jana schoof met een bil op de gaatjes waaruit het water borrelde en legde een been over Ivo's been. Axel zat tegenover hen maar keek niet naar haar. Hij keek naar Ivo.

'Hoeveel heb je voor die foto gekregen?' vroeg hij.

'Achtduizend,' zei Ivo. 'Ingelijst samen met de uitvergrote prentbriefkaart.'

'Ik ga even op de rustbank liggen,' zei Jana. Ze stapte uit het bad en sloeg haar badjas om. Wilde Ivo dat Axel haar zag?

In het restaurant vertelde ze over Dieter en zijn mes.

'Je weet toch waarvoor dat zakmes staat?' vroeg Ivo.

'Een zakmes is een zakmes,' zei Jana. 'Zeker als je psychologie hebt gestudeerd.'

Axel niesde.

'En jij Axel,' vroeg Jana, 'ben jij een beetje tevreden met je baan?'

Ivo en zij keken geïnteresseerd naar hun vriend.

Bij de koffie vroeg hij na een hevige niesbui of ze hem thuis konden afzetten.

'Kom je niet eerst bij ons een glas drinken?' vroeg Ivo.

'Nee, ik ga maar eens vroeg naar bed.'

'Je hebt het lelijk te pakken,' zei Ivo.

'Sauna's zijn tochtgaten.'

Hij klonk bitsig alsof hij zijn humeur niet langer in bedwang kon houden. De middag had hem uitgeput.

Toen hij was uitgestapt, ging ze voorin naast Ivo zitten.

'Heeft hij de foto's gezien?' vroeg ze. 'De foto's in de keuken?'

'Had je dat gewild?'

'Ik dacht dat jij dat wilde.'

'Ik wilde wel maar ik had ze al in een envelop gestopt en naar je moeder gestuurd.' Hij lachte. 'Ja, ik heb ze hem laten zien. Of juister, hij liep de keuken binnen waar ik koffie aan het zetten was en ik heb hem niet tegengehouden.'

'Wat zei hij?'

'Niet veel.'

Arme Axel. Ze hoopte dat hij eens krachtig zou vloeken. Of zijn schouders ophalen. De sauna was Ivo's idee geweest maar zij had niets gedaan waardoor hij zich beter zou voelen. Ze had van onder Ivo's hoede naar hem geglimlacht. Ze had beleefd naar zijn gezondheid geïnformeerd. Toch dreef ze de komedie nog verder.

'Vond je Axel ook zo stil?'

'Hij was stil. We zouden een vrouw voor hem moeten vinden. Ken jij iemand?'

'Vicky kent allerlei vrouwen die pas bij hun man weg zijn.'

'Ze moet jonger zijn dan Vicky.'

'Vicky is niet oud.'

'Te oud voor Axel.'

Jana zag Vicky hoog in de lucht aan een kraan boven een berg schroot bungelen.

'Axel wil jou,' zei Ivo. Vicky plofte met een smak op het schroot neer.

Thuis gingen ze recht naar hun slaapkamer. In een hoek van de kamer zag ze Axel bedremmeld staan kijken. Of was hij nog boos? Ze sloot haar ogen maar voelde zijn blik op hen. Kom erbij, dacht ze, en het beteuterde gezicht klaarde op. Maar algauw begon hij net als vorige keer jammerend om vergiffenis te smeken. Stel je niet zo aan, dacht ze, ofwel doe je het, of je doet het niet. Streng zette ze hem opnieuw in de hoek en duwde Ivo op zijn rug. Ze keek niet naar zijn gezicht, maar naar zijn lijf dat ze beter kende dan haar eigen lijf en dat dus een beetje haar lijf was. Ivo lichtte een arm van het bed om haar naar zich toe te trekken, maar ze sloeg de arm weg. Ze wilde niet worden afgeleid. Ze wilde kijken naar het gladde witte wintervel van zijn schouders, de zwarte krulletjes rond zijn kleine donkere tepels, de rimpeltjes in de huid rond de navel. Ze wilde met haar lippen over zijn eikel wrijven, het vocht proeven dat uit het gaatje lekte, zich afvragen of dat al sperma was. Ze wilde hem kneden, voelen, strelen, beklimmen, bijten, knijpen. Ze keek naar zijn gezicht, lachte, sperde haar mond open en zette haar tanden in zijn schouders. Ivo gaf een klap op haar billen. Ze loste haar beet maar plantte haar tanden in zijn zij. In een ooghoek zag ze Axel hoofdschuddend hun kamer verlaten. Wat een stel pubers!

Jana had Ivo op zijn buik gerold, en hield hem tegen het bed geklemd. Met een heupslag duwde hij haar weg. Nu was hij het die haar tegen het bed

klemde en met opengesperde mond zich gereed-
maakte om een fikse hap uit haar te nemen. Zijn
mond kwam dichter- en dichterbij, ze zag het ga-
pende gat tussen zijn tanden, ze zag de dikke roze
tong, maar de mond klapte dicht.

'Kijk eens naar me.'

Ze keek naar hem.

'Dat is beter.'

'Wat is beter?'

'Daarnet keek je scheel.'

'Natuurlijk keek ik scheel. Iedereen kijkt scheel
als je met je gezicht vlak voor ze hangt. Zeker ik
die altijd al scheel kijk.'

'Kijk nog eens naar me.'

Hij hield haar op armslengte. Ze glimlachte.
Besefte dat hij het eindelijk zag.

'Helemaal recht staan ze niet.'

'Dat heet loensen. En het is sexy.'

16.

Lucie Wasteels

Niemand zou verbaasd zijn geweest als Ursula op paasdag in ons midden was herrezen, maar in de kapel was haar plaats leeg en ook Duchêne woonde de viering niet bij. Pasen is het belangrijkste feest van het kerkelijk jaar, maar die dag droeg de priester zijn witte kazuifel niet.

'Volgens mij is dat heiligschennis,' zei Ella.

Ik zweeg.

Na de mis werden de eerste leerlingen opgehaald, maar zoals altijd hadden Ella, Cil en ik nog een zee van tijd om onze spullen te pakken. Ik herinner me niet wat we op school deden wanneer er eigenlijk geen school was. Mensen deden minder in die tijd. We gingen wandelen in het park of we zaten te praten in de eetzaal. Ella deed soms handwerk; Cil las veel. Op school puzzelde ik nooit.

Tegen de avond was er een korte, hevige sneeuwbui. Ella keek op van haar boek en riep: Kerstmis!

Op de avond van Paasmaandag waren we nog met ons drieën. 'Denk je dat onze ouders het hebben afgesproken?' vroeg ik terwijl ik stond af te wassen. Ik draaide me naar Ella om haar reactie te zien, maar zag Zuster Directrice in het deurgat. Van de schrik liet ik een bord uit mijn handen glippen. Nu zegt ze dat we niet meer hoeven terug te komen, dacht ik, dat we ons diploma ook zo krijgen, maar ze keek niet boos of streng. Ze leek droevig en afgemat alsof ze in weken niet had geslapen. Ursula is dood, schoot het door mijn hoofd.

'Alles in orde?'

'Ja, Zuster. Dank u, Zuster.'

'De dokters hebben vandaag bevestigd dat Zuster Ursula na de paasvakantie terug bij ons zal zijn. Zuster Ursula hoopt zo gauw mogelijk haar vroegere werkzaamheden te hervatten.'

We knikten ijverig.

'Zuster Ursula heeft me uitdrukkelijk verzocht jullie even dag te komen zeggen. Ze wist dat jullie nog hier zouden zijn.'

Verbouwereerd bleven we knikken.

De volgende morgen liet Zuster Directrice ons bij zich roepen en opnieuw zonk de moed me in de schoenen.

'Meisjes, meisjes, niet zo somber! Ik heb een brief voor jullie ouders. Ik wil er bij hen op aandringen dat ze jullie verder laten studeren. Voor meisjes is dat geen vanzelfsprekende zaak.'

Ze gaf ons de glimlach die ze op schoolfeesten voor bepaalde oud-leerlingen reserveerde.

'De school verwacht veel van jullie.'

'Dank u, Zuster,' zei Ella.

'Dank u, Zuster,' zei Cil.

'Dank u, Zuster.'

'Als er financiële problemen zouden zijn, kunnen jullie een beroep doen op ons fonds voor begaafde leerlingen.'

'Dank u, Zuster.'

'Dank u, Zuster.'

'Dank u, Zuster.'

Wat had ik die brief graag van Duchêne gekregen!

'Ik dacht dat ze ging vragen of we roeping hadden,' zei Ella.

'Toch niet na Trier,' zei Cil.

'Wat weet zij over Trier?'

'Nonnen weten altijd alles. Zeker over Trier.'

Ursula keerde in de eerste week van ons laatste trimester terug op school. Ze werd gebracht met een ambulance. Alle internen, leraressen en nonnen hadden zich bij het landhuis verzameld en de eetzaal was feestelijk versierd.

De achterdeuren van de ambulance zwaaiden open en er werd een loopplank gelegd waarover Ursula naar buiten werd gereden. Iedereen juichte en klapte in haar handen maar Ursula keek boos. Ze hield haar hoofd vreemd naar achteren gewrongen, zodat ik me in een flits afvroeg of ook haar halsspieren waren verlamd, maar toen begon ze wild naar achteren te slaan en zag ik wat er was gebeurd. De ambulancier had samen met het handvat de stof van haar kap omklemd. Er werd onderdrukt gelachen, Ursula keek of ze het liefst de onhandige ambulancier een mep had verkocht. Hij reed haar tot bij Moeder-overste die de handvatten van Ursula's karretje overnam. Opnieuw klonk er gejuich en werd er geapplaudisseerd. De deuren van de ambulance klapten dicht, de onhandige ambulancier stapte in en reed weg. Ursula was terug.

Het bordes van het landhuis telde zeven brede arduinstenen treden. Iedereen keek van het karretje naar het bordes en terug naar het karretje. Moeder-overste fluisterde iets in het oor van een struise werknon die vervolgens naar Ursula liep en haar met een zwaai uit haar karretje lichtte. Het karretje werd het bordes op getrokken, Ursula de zeven treden naar boven gedragen en in haar karretje gedeponeerd. Nu keek iedereen naar de volgende hindernis: de deur naar de feestelijk versierde eetzaal waar de kleintjes klaarzaten om voor Ursula een lied aan te heffen. De struise werknon omklemde de handvatten van de stoel en stevende op de deur af, maar de opening was niet breed genoeg. Er stonden wel zestig leerlingen en nonnen in de hal maar je kon een speld horen vallen. Moeder-overste stapte naar voren en fluisterde de non opnieuw iets in het oor. De tweede deurvleugel werd opengezet en Ursula werd naar binnen gereden. De kleintjes begonnen te zingen hoe blij ze waren dat Zuster Ursula weer bij hen was, maar nu zat Ursula's karretje klem tussen de muur en een zitbank. Ursula zou nooit haar ereplaats in het midden van de tafel aan de overkant bereiken tenzij alle tafels en banken eerst werden verplaatst. Ook Moeder-overste besefte de vergissing, want voor de derde keer fluisterde ze iets in het oor van Ursula's struise begeleidster. De bank werd verschoven, de rolstoel bevrijd, en de bloemen en slingers werden verhuisd van de ereplaats naar het uiteinde van de tafel waar Ursula's karretje kon worden geparkeerd zonder eerst alle muren te slopen.

Tijdens het dessert stond Moeder-overste op en hield een toespraak. De gebeurtenissen, zei ze, hadden ons geleerd wat het betekende om tot een gemeenschap te behoren. Een gemeenschap bestond bij de gratie van de inzet van al haar leden. Zelfverheffing was de bron van alle kwaad, nederigheid de moeder van het goede. Er was een moment van stilte waarin ik vooral besefte dat Duchêne het feestmaal niet bijwoonde, maar toen werd mijn aandacht afgeleid door het schrapen van een lepeltje. Ik keek rond. Terwijl iedereen ingetogen naar Moeder-overste luisterde, zat Ursula rustig haar kommetje chocolademousse leeg te lepelen. Zodra ze klaar was duwde ze haar schaaltje weg en keek met gulzige varkensoogjes naar dat van haar begeleidster. Iemand giechelde. Moeder-overste brak haar toespraak af. 'Smakelijk allemaal,' zei ze.

Toen alle chocolademousse was opgelepeld, stond ze op om te besluiten, maar nu begon Ursula onrustig te draaien in haar karretje. Ze was rood aangelopen, keek boos naar de struise non die Ursula's ongemak niet opmerkte. Opnieuw brak Moeder-overste haar toespraak af en liep naar Ursula. Ademloos gaapte de hele school naar de rode wangen van de anders zo fletse Ursula. Belletjes speeksel verschenen op de grauwe lippen. Zou Ursula gaan schreeuwen? Moeder-overste legde een hand op haar schouder en wenkte de struise non. Banken en tafels werden opnieuw verschoven, de deurvleugel werd opengezet. Ursula, begreep ik plotseling, moest naar het toilet.

Het was de laatste keer dat we haar in het landhuis zagen. De volgende dag nam Zuster Marcella haar intrek in Ursula's kamer. Ze sprak met een erg zachte stem zodat de eerste dagen iedereen liep te fluisteren. Als ze iets niet wist, vroeg ze het aan ons. We maakten nooit misbruik van haar vertrouwen.

Ursula zagen we alleen nog in de kapel. Het was moeilijk om niet te gluren. Je hoopte iets van haar gezicht af te lezen. Iets wat je zou helpen begrijpen wat het betekende om in een rolstoel te zitten. Voor zover we konden zien betekende het vooral ergernis. De non die haar na de mis naar haar rolstoel moest terugdragen, ging eerst iets met een andere non bespreken en liet haar achter terwijl de kapel leegliep. Of de priester vergat haar een hostie te brengen. Of ze werd neergezet op een stoel achter een paal. Je voelde dat de dag niet veraf kon zijn dat de nonnen haar op haar stoel zouden laten zitten of in haar cel zouden laten. En Ursula merkte het ook. Ze liep rood aan, keek boos, kuchte, maar zei niets. Woede en ergernis verstomden haar. Het was schreeuwen, of zwijgen. Soms zag ze zo rood als de kam van een haan. Het was heerlijk én verschrikkelijk om te zien hoe ze haar humeur niet kon verbergen. Het was bijna even spannend en schokkend als die keer toen ze in Duchênes les een luide wind had gelaten.

Duchêne gaf opnieuw les maar Duchêne was Duchêne niet meer. Ze praatte alleen nog over de natuurlijke superioriteit van de Grieken, van de Romeinen en ook weleens van de Egyptenaren. Alles hadden we aan hen te danken: de democratie, de wetgeving, het epos, de lyriek, de liefde, wegen, bruggen. Al eeuwen was er niets nieuws onder de zon. We waren gedoemd te herhalen wat zij hadden gedacht, gezegd, gepresteerd. Duchêne zei het anders: we waren hun geprivilegieerde erfgenamen. Iedere les opnieuw hoopte je dat ze met haar autoritaire stem zou zeggen: Neem jullie boek pagina zoveel, lees de eerste zin en vertaal. Maar ook in haar les was er niets nieuws onder de zon.

Ella, Cil en ik behaalden dezelfde hoge cijfers voor Duchênes vakken. Op de proclamatie werden we naar voren geroepen en kregen een stapeltje boeken. Er werd voor ons geapplaudisseerd. De directrice zei dat de school veel van ons verwachtte. Jouw moeder, herinner ik me, kreeg een bijzondere vermelding voor Frans en Engels. Na de proclamatie gingen we Duchêne een hand geven en ons rapport tonen. Het was de laatste keer dat we haar zagen.

Ik was zo graag Duchênes dochter geweest. Ik had zo graag in haar huis gewoond. Ella zegt nu dat wij allemaal Ursula's waren, opgesloten in het landhuis, wachtend op Duchênes liefdadigheid. Viel die ons niet te beurt, dan stortten we ons uit een raam.

Ella kan deze dagen niet zwijgen over Ursula en ik kan niet zwijgen over Duchêne. We zijn dwaze vrouwen die hetzelfde verhaal blijven vertellen en naar wie niemand graag luistert.

Ooit heb ik aan mijn moeder gevraagd waarom ze me altijd zo vroeg naar kostschool stuurde en zo laat pas naar huis liet komen. Ze zei: Kind, jij was zo graag bij je vriendinnen. Waren Ella, Cil en ik vriendinnen? Onze ouders hadden ons naar dezelfde kostschool gestuurd. Duchêne gaf ons dezelfde hoge cijfers en noemde ons haar gratiën. Maar waren wij vriendinnen?

Ella houdt niet van jou, maar dat komt omdat ik jou heb aangesteld. Misschien maakt niet het verleden haar ziek, maar het heden, verdraagt ze niet dat ik op deze stoel zit, en niet zij. Als het haar helpt of zelfs geneest, sta ik hem met plezier aan haar af. Dan ga ik weer gewoon lesgeven. Ik weet wat ze zegt, dat het haar niet interesseert om directrice te zijn, dat wij toch binnen afzienbare tijd met pensioen gaan, maar ik ken Ella, ik ken haar zo goed. Ik wil niet dat ze hier op een dag in een rolstoel wordt binnengereden.